JUDITH PERRIGNON

Judith Perrignon est journaliste et écrivain. Elle a notamment publié *L'Intranquille*, (L'Iconoclaste, 2009), écrit en collaboration avec Gérard Garouste, qui a remporté un grand succès critique et public, *C'était mon frère...* (L'Iconoclaste, 2006), *Les Chagrins* (Stock, 2010), *Les Faibles et les forts* (Stock, 2013), et *Victor Hugo vient de mourir* (L'Iconoclaste, 2015) qui a remporté le prix Révélation de la SGDL, le prix Tour Montparnasse, et a été sélectionné pour les prix Décembre, Renaudot et Femina.

VICTOR HUGO
VIENT DE MOURIR

DU MÊME AUTEUR
CHEZ POCKET

Victor Hugo vient de mourir

En collaboration avec Sonia Rykiel
N'oubliez pas que je joue

JUDITH PERRIGNON

VICTOR HUGO
VIENT DE MOURIR

L'ICONOCLASTE

Pocket, une marque d'Univers Poche,
est un éditeur qui s'engage pour la préservation
de son environnement et qui utilise du papier fabriqué
à partir de bois provenant de forêts gérées
de manière responsable.

Le Code de la propriété intellectuelle n'autorisant, aux termes de l'article L. 122-5, 2° et 3° a, d'une part, que les « copies ou reproductions strictement réservées à l'usage privé du copiste et non destinées à une utilisation collective » et, d'autre part, que les analyses et les courtes citations dans un but d'exemple et d'illustration, « toute représentation ou reproduction intégrale ou partielle faite sans le consentement de l'auteur ou de ses ayants droit ou ayants cause est illicite » (art. L. 122-4).
Cette représentation ou reproduction, par quelque procédé que ce soit, constituerait donc une contrefaçon, sanctionnée par les articles L. 335-2 et suivants du Code de la propriété intellectuelle.

© Éditions de L'Iconoclaste, Paris, 2015.

ISBN : 978-2-266-27336-7

À mon père

Ils ont peur déjà, le désordre vient si vite.

Depuis la veille, les officiers de paix en faction devant l'hôtel particulier récupèrent les bulletins médicaux dans le vestibule. Ils en font des rapports qui finissent sur les bureaux de la préfecture. Ils sont signés Féger, chef de la brigade du 16ᵉ arrondissement. « Nuit relativement calme », dit le dernier, publié à sept heures trente ce matin.

Mais dans Paris, partout les crieurs de journaux annoncent la fin. Au point qu'un commissaire de police s'en inquiète, envoie un télégramme au cabinet du préfet : ne faut-il pas les interdire ? Ce matin même, rue Charlot, un opticien a demandé à un gardien de la paix d'interpeller le colporteur du *Cri du peuple* qui hurlait les derniers instants. Il ne voulait rien entendre de tel, il a bouclé sa boutique, escorté l'agent et le vendeur jusqu'au commissariat. Nom prénom adresse ? Lefèbre Théodore, trente-neuf ans, passage du Génie, numéro 10, a bougonné le crieur. Un peu plus tard, même scène rue Saint-Martin : un brigadier est accosté par plusieurs personnes indignées qui lui désignent l'homme qui marche, journal à bout de bras, messager de l'inéluctable. Tout autour la foule est comme la porcelaine, soudain fragile, monsieur l'agent, arrêtez-le, faites-le taire ! Elle voudrait retenir les jours, même s'il n'en reste que trois, que deux, même si c'est pour demain. Encore une fois, le brigadier mène le vendeur devant un commissaire de police. Nom prénom adresse ? Saloizi Adolphe, rue de Crimée, 76, répond le colporteur. Le commissaire le sermonne puis le renvoie dans la rue. Rien d'illégal, ni le journal, ni ce qu'il raconte : Victor Hugo va mourir.

Ça se passe de l'autre côté de la ville, dans les beaux quartiers, au 50 de l'avenue qui porte déjà son nom. La foule grossit devant chez lui. Un curieux mélange de gens qui s'attardent ou ne font que passer. Ils sont venus écouter le récit de l'agonie. Ils lèvent les yeux vers les fenêtres fermées où ils l'ont aperçu, déjà, debout, saluant, ils palpent l'absence, le silence, la mort qui œuvre à l'intérieur et les laisse vivants, vaguement effarés, avec ou sans chapeau, avec ou sans rang, comme des personnages en quête d'auteur. Parfois même, ils tendent une main vers le haut du mur du jardin, arrachent les feuilles de lierre qui débordent. La feuille se laisse prendre telle une relique, la liane se laisse faire, robuste et toujours verte, elle court sur les murs, increvable, elle, s'en va jusqu'à la fenêtre du mourant qu'on n'ouvre plus.

Passe le vieux général polonais invalide célèbre dans tout Paris pour sa voiture traînée par deux moutons, il stoppe ses mérinos et réclame qu'on lui apporte le registre afin qu'il puisse témoigner de sa sympathie. Il signe et s'en va. Entre dans la maison le ministre des Affaires étrangères, il ne monte pas, la chambre ne laisse plus pénétrer que la famille et les très proches, il signe à son tour le registre, dépose sa carte, et puisqu'il n'a pas le temps d'attendre qu'on veuille bien le recevoir, prend quelques nouvelles auprès de la vieille bonne qui s'est postée sur le pas de la porte ouverte en permanence. Elle soupire qu'il est bien naturel que les serviteurs soient doux et accueillants dans la maison d'un tel homme.

Viennent tous ceux qui ne laisseront aucune trace. Ils ne sont pas les moins tristes, ces ouvriers et ces ouvrières s'arrêtant un instant sur le chemin du travail et demandant sous la porte du petit hôtel : Comment va-t-il ?

Qu'importe l'hiver qui cette année s'est étiré jusqu'à la fin avril, qu'importe que le poète ait pris froid dans la cour de l'Académie le jour de la réception de son ami Ferdinand de Lesseps, qu'importe si ce jour-là, il resta nu-tête à cause de longues minutes alors que tout le monde gardait son chapeau, comme l'écrit *Le Figaro*. Le journal conservateur voudrait bien donner à tout cela une dimension plus rationnelle, Victor Hugo s'est enrhumé et ces choses-là tournent mal à son âge. Mais qu'importe où, quand, comment, la grippe ou les graves épidémies du moment, c'est la fin et c'est l'orage. Peuple et gouvernement s'unissent dans une même attente. Seules les guerres et les catastrophes ont cet effet. Bien sûr il est vieux et la vie n'a jamais rien promis d'autre que de s'en aller. La sienne a duré longtemps, quatre-vingt-trois ans, mais si longtemps, si intense, si vibrante, si enroulée sur son temps, son siècle, ce dix-neuvième qui a cru au progrès mécanique de l'Histoire, qu'on dirait qu'un astre va s'éteindre dans le ciel. La foule pressent le vide. Elle voudrait laisser planer encore la présence du poète, sa voix par-dessus et entre les hommes. Le poète a charge d'âmes. C'est lui qui l'a dit, et quelque chose d'électrique dans l'air montre qu'il y est parvenu.

Alors tous les autres, tous ceux qui prétendent également avoir charge d'âmes, peser sur les destins, s'approchent et s'accrochent au mourant au bord de l'apothéose. Le président de la République et tous les ministres font prendre des nouvelles. Les socialistes, les libres-penseurs, les anarchistes convoquent déjà des réunions. Mais de tous les sauveurs présumés, c'est de loin le clergé le plus inquiet. Il attend que le grand homme réclame un confesseur. Si Hugo persiste à refuser l'extrême-onction, quel dangereux signal envoyé aux foules et au reste du monde. L'évêque Freppel est venu depuis Tours pour rallier le poète à la religion catholique, il est reparti bredouille et furieux sans même avoir approché le mourant. Le journal *La Croix* prétend que, là-haut, ses amis font la garde autour du lit, moins pour soigner le corps que pour empêcher à tout prix que l'on sauve son âme.

Au premier étage, ils se pressent nuit et jour autour de son lit à colonnes torses, dans la petite chambre tendue de soie d'un vieux rouge. Un tapis étouffe leurs pas. S'il parle, ils l'écoutent, s'il mange un peu de soupe, ils le regardent manger. Ils ont toujours vécu ainsi, suspendus à ses faits et gestes. Et s'il ne dit plus rien, ferme les yeux, ils fixent sa poitrine qui se soulève encore, mais difficilement, ou bien les objets qui leur sont familiers, le chiffonnier de chêne sculpté à côté du lit, la Justice de plâtre doré tenant son glaive, le grand meuble à deux corps dans lequel il enferme ses manuscrits, le haut bureau à écrire debout, avec les feuilles Whatman, l'encrier à petit goulot, la plume d'oie noircie jusqu'à la barbe, et la soucoupe pleine d'une poudre d'or dont il séchait les lignes fraîchement tracées. Et ils se rappellent sa robuste silhouette, là, encore à la verticale, tel un arbre difficile à abattre. Souvent les objets d'une vie qui s'en va deviennent sacrés. Ceux qui sont là le sont déjà. La gloire s'en est chargée bien avant la mort.

Étrange tableau autour du lit qui prend toute la place dans la petite chambre. Ils tournent, piétinent, penchés, inquiets, ils se tiennent à deux pas du malade ou bien tout près, ils portent la marque de la tendresse qu'il leur a prodiguée ou bien celle de son autorité sur eux, et ils n'ont plus de mots aux lèvres sinon pour lui répondre quand il parle. Tous ont toujours laissé sa voix les remplir des secousses du pays, du monde. Ils restent sourds désormais aux bruits de la rue. Ils reviennent à l'échelle de leur vie, aux épreuves traversées ensemble, à tous ces drames, tous ces morts chez cet ogre qui a enterré femme et enfants, à ces longues années d'exil sur ordre de l'Histoire. La chambre est comme une presqu'île fouettée une dernière fois par les tempêtes et les fièvres d'un seul homme. Chacun mesure son souffle sur son existence.

Ses vieux amis Auguste Vacquerie et Paul Meurice ont l'air de disciples, ils ont le front de plus en plus grand, ce ne sont que les cheveux qui s'en vont, mais on dirait un trop-plein de souvenirs qui tambourinent sous la boîte crânienne. Ils ont tout connu, tout partagé, l'écriture, les risques, les idéaux, les deuils, l'éloignement, ils ont vécu à ses côtés dans un mélange intense d'amitié et d'allégeance. Les convictions et les passions partagées valent ici les liens du sang. Celui d'Hugo ne coule plus que dans les veines de ses petits-enfants Jeanne et Georges. Ils sont là, ils vont sans manières vers l'oreiller, la bouche, le cou, le murmure du poète, comme des gamins habitués à venir le réveiller. Ils l'appellent Papapa. C'est Georges tout petit qui résuma ainsi ce que le grand-père ne cessait de leur dire, je ne suis pas Papa, c'est resté, mais non comme une négation, comme deux fois un père. Ils sont sa seule descendance encore debout, enfants de Charles, le fils mort trop jeune pour qu'ils s'en souviennent. Ils ont seize et dix-sept ans désormais, les traits intermédiaires de l'adolescence, plus rien de leur portrait aux joues rondes encore accroché à la droite du lit. Mais parfois ils détournent les yeux, ils sont rattrapés par ces sanglots que seule l'enfance autorise, qui montent, tordent et déchirent les visages, alors ils sortent, entraînés hors de la chambre par leur mère, Alice, longue silhouette épuisée. Elle les éloigne puis revient. Elle prend la main brune et ridée du poète, où brille un anneau d'or, et c'est comme si elle se rappelait le pacte entre eux, elle perdit un mari quand il perdit son fils et elle resta vivre auprès de lui car il voulait ses enfants. Mais elle n'est pas demeurée Alice Hugo, veuve de Charles, comme il le désirait. Elle est Mme Lockroy depuis huit ans. Édouard

Lockroy, son époux, est là lui aussi, il ne murmure pas à l'oreille du poète, ne pose pas sa main sur la sienne, son corps raide trahit les moments difficiles entre eux et toute l'admiration qu'il lui voue. Il était du clan bien avant d'épouser Alice, journaliste au *Rappel*, l'ami des fils, mais il prit leur place et ne sut jamais si le poète le lui avait pardonné.

À ceux-là, dans la petite chambre, s'ajoutent les médecins. Ils étaient deux au départ, le docteur Allix, vieil ami, soigneur de la famille jusqu'en exil qui ne quitte pas le chevet du malade, et Germain Sée, de l'Académie. Ils sont trois maintenant, le renommé Alfred Vulpian, barbu émérite des hôpitaux et de la faculté, les a rejoints. C'est mauvais signe.

Et la nuit tombe. À neuf heures et quart, le dernier bulletin de santé de la journée a été déposé dans le vestibule. « Il semble qu'il y ait depuis ce matin une légère tendance à l'amélioration. » Là-haut, le vieillard parle encore. Il voudrait aller au-delà du murmure, laisser monter les mots du fond de sa gorge, cette folie des mots qu'il a, ce pouvoir qu'il leur a donné et qu'ils lui ont donné, comment y renoncer ? En bas, les journalistes s'installent aux cafés d'en face, ils ne quittent plus l'avenue, ils notent tout, le ballet des voitures à cheval lâchant des importants, chaque bulletin médical, chaque rumeur, et le soir ils s'attablent dans les trois cafés environnants qui ont reçu une autorisation spéciale de la préfecture pour rester ouverts la nuit. Ils ont la pipe à la bouche, le cigare au bord des lèvres, la cravate de plus en plus lâche. Ils vont par clan, par rang, par affinités, par convictions, les grouillots, les plumes, pour la conservation du passé ici, pour la révolution là-bas, chaque camp a son bistrot et son quartier général. Mais ces beaux esprits bruyants aiment discuter, pérorer, médire et raisonner, ils ne détestent pas s'affronter, ils préfèrent même ça aux cartes ou aux dominos qui permettraient de tromper l'attente. Le journalisme est enfin libre, il est la somme des événements, des révoltes et des réactions, il est un costume pour d'anciens communards, des affidés de l'évêché, des proscrits de l'Empire devenus députés de la République, il est d'opinion, tranché, fort, féroce, rêveur, menteur. Les rotatives de presse sont toutes neuves, de vrais bolides, elles inondent les rues de journaux, elles s'emballent. C'est donc une mêlée qui s'installe pour la nuit, un cercle qui s'improvise. Ceux du *Figaro* assurent à regret que les obsèques de Victor Hugo seront purement civiles. Les libres-penseurs aimeraient en être aussi sûrs. Ils craignent plus que tout la faiblesse d'un homme devant la mort, qu'au dernier moment un prêtre ne finisse par monter.

Aux environs de deux heures du matin, dans la chambre, l'oppression du malade est extrême, ses souffles sont des râles, il lâche des phrases qu'il traduit aussitôt en latin et en espagnol, comme si sa tête savante se mettait à dérailler et crachait tout ce qu'elle sait. Jeanne pleure, Georges se cache avec des gestes d'enfant. Voilà que le poète veut se lever, son corps se tend, il lutte. Léopold son neveu et le docteur Allix le remettent au lit, mais il se redresse, très agité, intimant l'ordre à tous ses os de bouger encore. « C'est ici le combat du jour et de la nuit », croient entendre ceux qui sont là.

Le lendemain matin, le bulletin est déposé dans le vestibule. « Victor Hugo a passé une nuit et une matinée des plus agitées. L'oppression était telle que les mouvements respiratoires atteignaient par moments 67 par minute. Le malade ne peut supporter aucun médicament. » Comme chaque fois, le bulletin devient rapport puis dépêche, les nouvelles grimpent vers les sommets.

Lui parle aux siens, des mots tout simples, pleins d'affection, les mots d'un homme à ceux qu'il aime. Il parle malgré la fièvre, malgré la bouche si sèche qu'elle se fige. Le docteur Allix lui tend un breuvage qu'on dit très utilisé en Amérique.

— Voici une boisson républicaine, lui dit-il.
— Alors je la bois, répond le poète.
Deux jours que l'agonie est officielle.
— Que c'est long, murmure le malade aux paupières humides.

Et le voilà qui tend la nuque puis le dos, s'assoit, grimace, grogne, tremble jusqu'au point où il ne pourra plus, il veut retourner son oreiller, retrouver un peu de fraîcheur, Vacquerie et Lockroy veulent le faire pour lui, mais il les repousse, fort encore, d'un geste qu'en bas on ne lui soupçonne déjà plus. On lui administre une piqûre de morphine, une cuillerée de quinquina et de noix vomique. Féger vient d'émettre un rapport, même s'il n'a rien à dire : « Messieurs les docteurs qui soignent Victor Hugo n'ont pas publié de bulletin de santé depuis midi. On les attend d'un moment à l'autre. D'après le dire d'un domestique, il ne va pas mieux, au contraire. »

Ledit bulletin est livré à sept heures : « On constate ce soir un calme relatif de la respiration. Le pouls se maintient. Pas de fièvre. Le pronostic reste grave. »

Et tandis que la nuit tombe, les Russes de Paris se réunissent, ils prennent les devants, lancent une souscription pour l'achat d'une couronne, ils la veulent aussi belle que possible, elle portera l'inscription « Les réfugiés russes de Paris ». Ils n'ont pas oublié qu'Hugo avait demandé en vain la grâce des cinq assassins de l'empereur et ils le feront savoir le jour des funérailles. Partout les fleuristes se sont mis au travail. Les prix montent. Partout les révolutionnaires, les libres-penseurs, les anarchistes, les amnistiés, les exilés, les proscrits tiennent réunion, tous ne portent pas le poète dans leur cœur, trop bourgeois, trop sénateur à leur goût, mais le pays va trembler, il faut profiter du tremblement, l'amplifier même. Partout les indics de la police s'infiltrent. Il y a un moment qu'elle recrute des journalistes pour surveiller le journalisme, des anarchistes pour surveiller l'anarchisme ou des ouvriers pour surveiller les ouvriers. La République entretient des mouchards, des mouches, des casseroles, comme l'Empire avant elle. Ils vont telles les punaises sur les murs et sous les portes, ils signent leur rapport d'un numéro, ne laissent pas trace d'un nom, d'un pseudonyme, d'une adresse, ils vont partout, la surveillance est totale, jusque dans la petite salle de la rue des Couronnes où se tient la réunion du groupe anarchiste baptisé « La Hache ». 23 est là, indécelable, on l'imagine le front étroit au-dessus de deux yeux sans lumière, mais visage familier, l'un des leurs, anarchiste de cœur et journaliste à ses heures, pensent-ils. Ils sont réunis pour préparer le prochain dimanche au Père-Lachaise, la montée au mur des Fédérés, ce sera le quatorzième anniversaire de l'écrasement de la Commune, comment sortir le drapeau rouge puisqu'il paraît qu'il est interdit ?

— On se moque de la loi ! dit quelqu'un.

23 note. Peut-être qu'il opine. Peut-être même que c'est lui qui l'a dit. Pour garder la confiance des autres et celle de la police, un informateur a parfois tendance à faire du zèle. Et il note encore qu'en fin de réunion, on rappelle qu'Hugo est à la veille de sa mort et que ça aussi, il faut s'y préparer.

— Appelons à nous tous les gens en guenilles pour suivre le convoi et frapper la bourgeoisie d'épouvante ! Nous pourrions avoir une bannière et y inscrire « Les Misérables », nous la donnerions à porter par des individus en haillons qui crieraient « du travail ou du pain » !

Il s'appelle Danger celui qui a parlé. Ça ne s'invente pas un nom pareil. La police ne l'aurait pas baptisé autrement. Elle voit le danger partout. Danger qui se drape d'Hugo pour attirer les malheureux sous le drapeau noir ou rouge. Danger toutes ces voix et ces étincelles le soir, ces cris des colporteurs dans la ville le jour. Danger le prolétariat industriel en plein essor qui s'organise, danger la grève des tailleurs qui dure et se durcit, les patrons des magasins ont tiré le rideau, « fermeture pour cause de grève », ils refusent d'accorder la moindre hausse de salaire, ils menacent même de les baisser pour ceux qui ne reviendront pas travailler dans les quarante-huit heures. Danger ces clochards endormis le long des édifices, danger ces trois mille huit cent neuf filles publiques recensées par la préfecture, la plupart sont insoumises, à leur compte, et les incarcérer à Saint-Lazare quelques jours ou quelques semaines ne change rien à leur commerce. Danger ce nouveau journal anarchiste, qui suggère de se munir de quatre ou cinq rats, de les tremper dans du pétrole ou de l'essence minérale, d'y mettre le feu et de les balancer dans les entrepôts, les hangars et les manutentions. Les bêtes, folles de douleur, bondissent et allument le feu en vingt endroits à la fois. « Essayons compagnons », dit l'article. Danger cette veille collective qui dure. Danger la mort du poète.

Lockroy, qui revient chez lui de l'Assemblée épuisé, feint de ne pas voir la foule qui ne quitte plus l'avenue, de ne pas entendre ses questions.
— Comment va-t-il ? lance une voix.
Lockroy avance sans répondre.
Un cri jaillit alors :
— L'agonie de Victor Hugo appartient au monde entier, vous n'avez pas le droit de vous l'accaparer !
Lockroy se raidit. Pas à lui, l'agonie. Qui est-il pour le poète ? Mais c'est sa question, pas celle de la foule. Paris est un corps fiévreux tandis que le poète lutte contre l'attraction de la terre. On dirait qu'en mourant, qu'en glissant vers l'abîme, il creuse un grand trou et y aspire son temps, sa ville. Comme dans ses livres. Danger les Misérables, le peuple de Paris.

Ce soir-là, comme chaque soir, Gragnon, le préfet de police, rédige son rapport quotidien au ministre de l'Intérieur. Deux mois qu'il est en poste, il y met une attention particulière. Il termine toujours par la Bourse. C'est la règle. Le mot de la fin. La conclusion, déjà. La jeune République s'est donnée au capitalisme. De sa plume trempée dans l'encre bleue, il trace très élégamment, avec pleins et déliés, le B ventru puis les autres lettres du mot Bourse. Ce soir il écrit : « Les conversations n'ont roulé que sur la maladie de Victor Hugo. Le 3 % a fermé à 80,42 francs, en hausse de 0,07, le 4 ½ à 100,17 francs, en hausse de 0,12. *Le préfet de police.* »

Plus que deux jours.

À sept heures du matin, ce 21 mai, Féger envoie une nouvelle dépêche : « Aucun changement ne s'est produit depuis hier soir dans l'état de santé de Victor Hugo. » Il sait bien qu'à tous les étages de la République, on se réveille en se demandant si Hugo respire encore et si le pays ne va pas convulser. Alors, sans même un bulletin médical, avec quelques rumeurs recueillies par des gardiens de la paix auprès des domestiques, il comble l'attente anxieuse des sommets. Ce n'est qu'à onze heures que le bulletin médical est déposé dans le vestibule. « La nuit a été tranquille sauf quelques instants d'oppression et de grande agitation. La respiration est assez calme, les fonctions intellectuelles sont intactes. Situation inquiétante. »

À une heure et demie, Victor Hugo est pris d'une crise aiguë puis d'une syncope. Il tombe dans un sommeil profond. Lorsqu'il en sort, il entend ce qu'on lui dit mais ne répond plus que par un mouvement de la tête ou des lèvres. Il reconnaît ceux qui sont autour de lui, il leur prend la main quand ils s'approchent, il serre tant qu'il peut, comme pour résister au courant qui l'emporte. Mais la mort l'absorbe. On dirait qu'à l'intérieur de lui, les organes, telles des bougies fatiguées, s'éteignent un à un. Le docteur Allix, montre à la main, cherche vainement à percevoir la moindre pulsation à son poignet. Le silence dans la chambre est sépulcral, on a éloigné les enfants.

Féger, qui ne sait rien, rédige de nouveau un rapport, histoire de faire patienter sa hiérarchie. « L'état de santé de Victor Hugo ne s'est pas amélioré. Le bulletin de santé ne sera publié que ce soir. Une centaine de curieux stationnent aux abords de l'hôtel. » Le voilà couvert.

Puis, à cinq heures, une crise terrible, des râles et des convulsions. « Cet après-midi, Victor Hugo a eu une syncope. État toujours inquiétant », écrit Féger à six heures dix, dans une dépêche télégraphique.

Mieux que la litanie des bulletins, il y a les yeux humides de Sarah Bernhardt sortant de la chambre rouge, il y a les mots de Meurice quittant la maison une heure ou deux pour aller boucler l'édition du *Rappel* :

— C'est bien fini, il ne passera pas la journée.

Il y a l'ultime supplique de Mgr Guibert, archevêque de Paris, qui s'affole et écrit à Mme Lockroy. Sa lettre vient d'arriver.

« Je prends la plus vive part aux souffrances de M. Victor Hugo et aux alarmes de sa famille. J'ai bien prié au saint sacrifice de la messe pour l'illustre malade. S'il avait le désir de voir un ministre de notre sainte religion, quoique je sois moi-même encore faible et en convalescence d'une maladie qui ressemble beaucoup à la sienne, je me ferais un devoir bien doux d'aller lui porter les secours et les consolations dont on a si grand besoin dans ces cruelles épreuves. »

Édouard Lockroy immédiatement s'enferme dans son bureau et lui répond.

« Mme Lockroy, qui ne peut quitter le chevet de son beau-père, me prie de vous remercier des sentiments que vous voulez bien lui exprimer d'une manière si éloquente et si bienveillante à la fois. Quant à Victor Hugo, il a déclaré ces jours-ci encore qu'il ne voulait être assisté pendant sa maladie par aucun prêtre d'aucun culte. Nous manquerions à tous nos devoirs si nous ne respections pas sa volonté. »

Elle pèse lourd sur le cours de l'Histoire, sa volonté. Un mot de lui, un prêtre auprès de lui, et ce sont les Lumières qui s'éteignent, les dévotions qui se vengent, chacun le sent, le sait, chacun tire le mourant pour le faire tomber de son côté. Dans les cafés, les plumes affûtent leurs arguments. Les regards sont noirs. Le ventre d'Hugo est comme une colline stratégique au milieu du champ de bataille. Il faut le prendre. Ils avancent de part et d'autre, orbites haineuses, mal rasés à force de veiller autour de chez lui, les républicains, les socialistes, les catholiques, les anarchistes, ils noircissent du papier, clament des vérités comme on tire des coups de feu, ils veulent prendre ce ventre, tirer le cadavre de leur côté. Mort, cet homme-là parlera encore. Les réactionnaires ne voient plus en lui qu'une des plus grandes gloires de la France, ils laissent volontiers la dépouille de l'homme politique et anticlérical aux subversifs en tout genre. *L'Intransigeant* écrit que le corps de Victor Hugo à Notre-Dame serait pour le clergé ce qu'eût été pour Louis XVI la reprise de la Bastille, que l'on ne peut chiffrer les âmes sur lesquelles les curés remettraient instantanément la main.

Ce corps ne se découpe pas facilement. Il n'est d'ailleurs toujours pas prêt à se rendre. Le voici qui se met à parler.

— Me reconnaissez-vous ? demande alors aussitôt Vacquerie.
— Je vous reconnais.
La vieille bonne lui apporte du bouillon, il se redresse, se met à genoux sur les draps et boit sans aide. Meurice, de retour, n'en croit pas ses yeux.
— Mon cher Maître, murmure-t-il.
Voilà que le vieux poète prend un verre de frontignan, se rallonge, tire la couverture et murmure :
— Je me sens très bien.

Parfois, les bientôt morts ont un sursaut, ils se relèvent et marchent sur leur corps couleur craie, on change alors vite leurs draps pleins de fièvre comme s'ils allaient servir longtemps encore. Mais s'ils se relèvent, c'est pour toucher le sol une dernière fois, s'accrocher aux meubles, aux portes, aux autres une dernière fois. Les médecins Vulpian et Sée, revenus à leur tour, sont surpris, mais ils rédigent un bulletin qui ne veut pas donner de faux espoirs à la foule. C'est à elle qu'ils s'adressent, ils le savent, ils mentent un peu, ne mentionnent pas la crise de cinq heures, ni l'étonnant mieux à leur retour, ce « Je me sens très bien » du poète. Tout juste concèdent-ils que le cœur s'emballe moins en ce début de soirée. « Aucun changement important n'est survenu depuis ce matin, bien que les battements du cœur soient moins énergiques. » C'est repris dans une dépêche signée Féger à huit heures trente-sept du soir.

— Adieu Jeanne, murmure-t-il à sa petite-fille.
La dernière nuit est difficile.
Victor Hugo fait signe à Mme Lockroy d'approcher

et lui baise la main, il embrasse Georges aussi, il parle difficilement.

— Mes enfants, mes bien-aimés, tout près de moi, plus près encore.

Il les embrasse, se blottit sous ses couvertures comme si le froid l'envahissait.

— Soyez heureux, pensez à moi, aimez-moi.

Il délire, on distingue à peine ce qu'il dit. Un mot parmi d'autres pourtant se détache : séparation. C'est celui de l'amour qui s'enfuit, pas forcément celui de la vie qui s'en va. Elle l'abandonne cependant et il fait tout son possible pour offrir à ses petits-enfants un regard doux jusqu'au bout. Mes chers petits, souffle-t-il encore.

Dès huit heures et demie, Vulpian et Sée rejoignent Allix. À neuf heures dix, on fait afficher le dernier bulletin médical sur le mur de la propriété voisine : « Situation extrêmement grave. » Ils sont quelque cinq cents devant la maison du poète, ils ne se contentent pas de se faire répéter ce qui est écrit, ils se bousculent, ils veulent voir.

Il y a dans la chambre Alice et Édouard Lockroy, Georges et Jeanne, Meurice et Vacquerie, Léopold Hugo, le docteur Allix, Armand Gauzin, compositeur, Richard Lesclide, secrétaire du poète, et les voisins M. et Mme Ménard-Dorian. Il y a le tic-tac de l'horloge sur la cheminée, toute une alluvion de souvenirs, toute une vie. Peut-être qu'à ce moment ultime, les idées et les rêves se retirent, laissent la place à ceux qu'on a aimés. Peut-être y a-t-il d'autres visages penchés sur lui qu'il est le seul à voir, son père, sa mère, son frère devenu fou, sa femme, ses femmes, Léopoldine noyée depuis si longtemps, François-Victor et Charles, ses fils emportés par la maladie, Adèle qu'il ne compte plus parmi les vivants. C'est beaucoup de visages, mais ce n'en est qu'un seul, c'est celui de la mort, peuplée de ceux qu'on a perdus. Que voit-il sous ses paupières mi-closes ? Qu'entend-il encore des larmes et des chuchotements de ceux qui entourent son lit ? Peut-être plus rien déjà. Il faudrait l'océan, son chant du départ.

Georges Hugo et Gauzin descendent quand on leur signale que le directeur du Théâtre de la porte Saint-Martin est en bas, mais un cri retentit depuis la chambre, ils remontent aussitôt. La porte de la maison se ferme. Plus personne n'est autorisé dans le vestibule. Victor Hugo soulève la tête puis retombe sans vie sur son lit. Il est une heure vingt-sept de l'après-midi.

Dans la chambre, une main s'approche de la pendule posée sur la cheminée et l'arrête. Après de longues minutes, tous s'écartent progressivement du corps, ils descendent au jardin cueillir des fleurs, des roses surtout, mais aussi des pensées, des feuillages verts, et toutes les corolles fraîchement ouvertes avec la floraison du printemps, ils en font des bouquets qu'ils déposent sur le lit.

D'elle-même, la foule dehors se range sur le trottoir opposé, elle dessine un demi-cercle face à l'hôtel. Les hommes se découvrent respectueusement. Les vieillards pleurent silencieusement. Des femmes se prennent le bras. Et la nouvelle part en trombe.

À deux heures, un télégramme du commissaire de police du 16e arrondissement est envoyé au cabinet du préfet. « Victor Hugo vient de mourir. Cinq cents personnes environ se tiennent aux abords de son hôtel. »

La nouvelle court les rues, les pas-de-porte et les métiers, on entend l'autre dire qu'il est mort le poète. Vient alors cette étrange collision des mots et de la vie, qui produit du silence puis des gestes ralentis au travail. L'homme qui leur a tendu un miroir n'est plus là. Elle tombe à l'heure de la cantine la mort, dans la toute jeune école laïque gratuite et obligatoire, elle plane sur les réfectoires comme un rapace qui vole bas, elle rappelle la récitation des *Châtiments* et les questions dans les livres de lectures morales et civiques, Savez-vous pourquoi Victor Hugo a habité quelque temps à Guernesey ? Que trouvez-vous d'admirable dans la conduite de Victor Hugo ? Elle traverse les ponts, les murs, la salle Lévis où les tailleurs en grève depuis des semaines se rassemblent chaque jour pour réclamer une augmentation, ils sont à bout, la lutte est trop longue, ils n'ont plus de quoi payer leur loyer. Quand la nouvelle passe, ils se retrouvent sans voix et les meneurs s'écrient qu'il faut tenir jusqu'aux obsèques.

Une heure plus tard, les éditions spéciales inondent les rues. Elles étaient prêtes, elles attendaient, cernées de noir. Aux fenêtres de Paris fleurissent des drapeaux tricolores ornés d'un crêpe sombre. Au 41 rue des Écoles, c'est la Société des étudiants qui s'est dépêchée d'afficher sa tristesse, rue du Parc-Royal, c'est le marchand de journaux, au 18 rue Richer, c'est le journal *La Lanterne*. Mais l'étoffe du deuil flotte aussi aux fenêtres anonymes, au deuxième étage du 10 rue des Gravilliers, au 9 rue du Cardinal-Lemoine, à bien d'autres adresses encore qui chaque fois font l'objet d'un rapport de police. Tout signe de tristesse est normal et suspect. La peine peut tourner à l'émeute. Surveiller la couleur du drapeau, qu'il ne vire pas au rouge.

Et c'est marée montante devant la maison du poète. La foule est de plus en plus considérable. Depuis des jours, elle a vécu suspendue au récit de son agonie, depuis des années au son de sa voix, alors elle vient ou revient, se rapproche, c'est 10 centimes la biographie imprimée depuis quelques jours déjà chez Aubineau, la foule achète, comme elle arrache encore des feuilles au lierre qui déborde du jardin. Elle fait du sentiment, pas de politique, elle n'est qu'instinct, protéiforme, elle sait qu'il était l'homme des grandes espérances. Elle sait l'essentiel. Elle laisse l'événement descendre sur elle, les mailles de la légende s'emparer d'elle. La nouvelle est comme la neige lorsqu'elle recouvre tout, égalise tout de son manteau froid, mais c'est le mois de mai, le printemps, pas de neige, pas de blanc, juste le frisson d'un pays saisi depuis que l'arrêt de mort est tombé.

Féger est sorti à la tête de sa brigade. Il ordonne deux rangs devant la maison du poète. Il parle d'une voix forte sous sa moustache coupée court. Il lève le menton, comme si on le prenait en photo, lui Joseph Alain Féger, enfant de la balle, vingt et un ans de service, fiché employé ordinaire, commun d'allure et de goût, un peu mou dit-on aussi dans le service, plutôt calé derrière son bureau que sur le terrain, mais pas aujourd'hui. L'agonie du poète a propulsé ses rapports et son nom chaque jour, voire plusieurs fois par jour, sur les bureaux de la préfecture. Sa mort le fera peut-être commissaire. Voici qu'arrivent des membres du gouvernement, du Parlement, ils viennent saluer la dépouille, ils entrent et sortent, s'attardent sur le seuil, Féger se redresse encore, plus raide que jamais, l'œil sévère sur sa brigade, comme s'il fallait séparer l'hommage officiel des larmes des simples gens.

Mais ce n'est pas lui, son air redoutable, ses hommes, pas même la porte d'entrée qui tracent la ligne de démarcation, elle s'est faite d'elle-même. Chacun sait le rang qu'il occupe. Bizarrement, ceux qui n'entrent pas, qui n'ont jamais serré la main du poète ou déjeuné à sa table, sentent vivement l'absence qui s'installe et emporte un peu d'eux-mêmes. Ils n'ont rien à demander au temps. Ceux qui entrent, en revanche, ont moins peur du vide, ils sont des importants, toujours à demain, ils s'élèvent. Clemenceau arrivé parmi les premiers ne dira à personne, en tout cas pas aujourd'hui, le fol orgueil du poète ces dernières années, qui avait fini par le rendre insupportable même à ses meilleurs amis, même à lui. Il sort de la maison, silhouette élégante et sûre d'elle. Le genre d'homme promis à un bel avenir, qui glace la poitrine d'un simple chef de brigade. Féger le regard traverser la rue et rejoindre le café d'en face.

Ils sont toujours là, journalistes, chroniqueurs, parlementaires, élus, toujours chiens et chats en pleine tabagie, des hommes, que des hommes, de beaux esprits qui aiment à s'écouter parler, à faire et refaire les cabinets, les gouvernements et les académies. Il y a là le président de la Chambre, tout près des tenants de la révolution sociale, sous surveillance, comme si la jeune République avait réuni une dernière fois sous les fenêtres d'Hugo ses anciens combattants désunis.

— Hugo, nous ne le pleurerons pas !

C'est Maxime Lisbonne qui parle ainsi. Il fronce les sourcils sous son grand front et pose bruyamment son bock sur la table. Dans la salle, on soupire ou on sourit en l'écoutant, on le connaît bien, il est d'un bloc, homme-torche, ancien soldat des armées, ancien colonel de la Commune, condamné aux travaux forcés, revenu voilà cinq ans, homme de théâtre aussi. Son journal, *L'Ami du peuple*, ne tient qu'à un fil, il amoche les socialistes en toc dans son éditorial d'aujourd'hui, ça risque d'être Victor Hugo dans celui de demain. Lissagaray, directeur de *La Bataille*, l'observe d'un peu plus loin. Il aime bien Lisbonne, sa passion, sa fougue, ses sentiments hardis, sa tête carrée, ses cheveux encore longs et bouclés qui dépassent de son chapeau plat, sa façon de lever sa canne pour prendre la parole en réunion. Il l'a connu au combat, au temps de la Commune, joyeux et brave, endiablé boute-en-train, mi-zouave mi-garde national sur son cheval arabe, s'exposant au feu, protégeant ses hommes. Il eut la jambe broyée, fut deux fois condamné à mort, puis finalement déporté. C'est un homme qu'on n'apaise plus. Lissagaray a pour lui l'admiration de ceux qui ont échappé aux balles et à la déportation. Il s'approche, il est petit à côté de lui, il a le poil sage, le cheveu court, la fine moustache, le visage maigre et le teint pâle. Mais il est vif, il lui pose affectueusement et virilement la main sur l'épaule, ça signifie, Moi aussi je sens les souvenirs, en moi aussi la mort d'Hugo fait défiler les plus beaux et les plus douloureux moments, elle rouvre nos charniers, tous les tombeaux de nos révoltes et nos espoirs passés, elle rouvre mes plaies dont je sais bien qu'elles ne sont pas aussi profondes que les tiennes. Et il dit :

— Tu lui dois d'être revenu, il n'a eu de cesse de réclamer l'amnistie pour vous tous.

— Je ne lui dois rien du tout ! C'est bien avant, qu'il aurait dû parler. Bien avant, pendant qu'on se battait toi et moi, qu'il aurait dû écrire pour nous ! Il écrivait si bien, mais pas une ligne sur la Semaine sanglante ! Il nous a abandonnés !

— Il avait ouvert sa porte aux nôtres, à tous ceux qui étaient en fuite et menacés d'exécution.

— Mais il n'a pas parlé, rien écrit ! il n'a pas trouvé bon de saluer avec ses strophes magistrales les quarante mille cadavres de la Semaine sanglante !

Comme des bois morts au fil de l'eau, les dernières barricades refont surface, elles sont tombées il y a quatorze ans, dans le sang et le carnage, au nom de l'ordre et de la République. Elles flottent encore dans les têtes, elles dessinent des lignes, des démarcations, des questions, des choix, de quel côté sont-ils tombés, jusqu'où sont-ils allés, jusqu'où fallait-il aller ? Elles sont encore en eux malgré le temps qui passe, malgré les rides et les cheveux gris. Il saigne encore, Lisbonne, le bagne, ses fers, ses fouets, ses tortures lui font mal. Était-ce la dernière des révolutions ? Elle s'appelait Commune de Paris. Victor Hugo avait buté sur elle. *Je suis pour la Commune en principe mais contre la Commune dans son application.* Les Prussiens étaient victorieux, ils étaient aux portes de la capitale, le poète ne voulait pas la fracture de son pays, *j'ai cru devoir être présent à la guerre étrangère et absent à la guerre civile.* Lissagaray et Lisbonne connaissent par cœur ces phrases. Le premier écrira demain dans son journal, *La Bataille*, Hugo l'interprète de nos rêves, le second s'écriera, le traître à nos rêves. Le rêve est une matière filandreuse.

— Tu liras, dit Lisbonne, tout en lui tendant l'édition spéciale de *L'Ami du peuple.*

Sur la une, encadrée de noir, un dessin d'Hugo sur son lit de mort, une couronne de laurier sur la poitrine, on dirait un hommage, mais ça se gâte à l'intérieur. 23 rit intérieurement. Il est là, à quelques mètres d'eux, il a probablement la même redingote froissée, le même calepin dans la poche, le même œil fatigué que tous les autres, il est peut-être tout aussi véhément et bavard qu'eux, ce journaliste à la solde de la police. Il ricane en lui-même de voir Lisbonne si fier de son édition spéciale, alors qu'elle est sur le bureau de la préfecture de police depuis la veille. C'est lui qui s'en est chargé. Ça n'a pas été difficile, un simple détour par l'imprimerie, qu'il connaît bien.

Entre alors François-Henri Allain-Targé, le ministre de l'Intérieur. À peine a-t-il ôté son chapeau qu'on se presse autour de lui et qu'on lui tend un verre. Sa réputation d'alcoolique n'est plus à faire.

— Dis donc, ce suppôt de Bacchus a eu tellement mal aux cheveux qu'il en est devenu chauve, ricane Lisbonne.

Lissagaray sourit mais ne l'écoute plus. Il tend l'oreille au récit du ministre qui sort de la chambre mortuaire. Targé boit une gorgée puis décrit le mort, sa tête pâle comme le marbre, profondément sereine, la bouche entrouverte, les paupières baissées. Il ajoute que les petits-enfants pleurent à chaudes larmes dans la maison sans pouvoir s'arrêter, sans se soucier des va-et-vient officiels.

Et ces larmes, mélangées à l'amertume et aux souvenirs de l'ami Lisbonne, ramènent Lissagaray en arrière, à ce 18 mars 1871, jour du début de l'insurrection, place de la Bastille : on vit approcher un convoi funèbre qui allait de la gare d'Orléans au Père-Lachaise. Derrière le corbillard marchait un vieillard tête nue, c'était Victor Hugo accompagnant la dépouille de son fils, subitement mort d'apoplexie et qui laissait deux très jeunes enfants, ces mêmes enfants qui pleurent aujourd'hui leur grand-père. L'affrontement des insurgés parisiens et des soldats versaillais s'arrêta aussitôt, le silence se fit, les fédérés entrouvrirent les barricades et laissèrent passer entre deux haies de soldats le père et son fils mort, certains même marchèrent derrière eux. Lissagaray garde cette image pour lui. Il aime le poète qui a rempli de mots sa cartouchière, il aime aussi Lisbonne. Le reste, c'est de la politique.

Puis Targé annonce que Louise Michel vient de lui écrire. Là, aujourd'hui, le jour où Hugo s'en va !

Elle refuse d'être graciée au 14 Juillet comme c'était annoncé, elle veut rester à Saint-Lazare, elle fera ses six années, elle considère toute grâce comme une insulte s'il n'y a pas amnistie générale pour tous les crimes politiques, car c'est bien un crime politique que d'avoir manifesté pour les sans-travail et pillé trois boulangeries pour distribuer le pain. L'obstinée ! disent-ils. La folle, aussi. On le dit si vite d'une femme.

— Elle a raison, Louise, lâche bruyamment Lisbonne.

Louise est son amie. Ils ont été déportés ensemble. Et il est venu au Palais de justice, il y a deux ans, quand ils l'ont condamnée pour cette histoire des boulangeries. Il la revoit debout face à ses juges, le président lui demande :

— Vous prenez donc part à toutes les manifestations ?

— Hélas oui, lui répondit-elle, je suis toujours avec les misérables.

Ils la condamnèrent à six années. Lisbonne cria tellement fort depuis le fond de la salle, au moment du verdict, qu'ils l'éjectèrent du Palais. Lissagaray cogne son verre contre le sien.

— À Louise ! Elle ne peut accepter une grâce à laquelle les autres n'ont pas droit. Ils veulent la corrompre. C'est bien mal la connaître.

— À Louise !

Une voix forte s'élève dans le bar et raconte l'histoire de Mme Paul Meurice, qui vint un jour prévenir Victor Hugo qu'une pauvre femme qu'elle connaissait, mais dont elle taisait le nom, était dans le dénuement le plus complet. Il lui remit 100 francs. Le surlendemain, elle revint.

— Vous savez que Louise est dans le même état...
— Et les 100 francs d'avant-hier ? demanda Hugo.
— Elle les a distribués à de pauvres mères.

Hugo donna à nouveau mais à condition qu'elle use de cet argent pour elle.

— Ainsi ce n'est qu'à cette condition qu'on me le donne ? demanda cette Louise.
— Parfaitement, lui répondit Mme Meurice.
— Alors vous pouvez le reprendre, répondit la femme, qui n'était autre que Louise Michel.

Le journaliste qui raconte l'épisode a presque crié la dernière réplique. L'obstinée, soupirent-ils encore, autour du ministre.

L'obstination était une qualité. Elle est en train de devenir reproche. La République s'est installée, elle est bourgeoise, elle combat Dieu et les tyrans, mais elle vénère l'argent. Tous ou presque ici en parlent comme d'une chose qui tombe sous le sens, ils en veulent leur part, ils sont devenus l'élite. La ronde des idées est en eux, la politique aussi, mais la flamme est plus sage, ils aspirent au calme, à l'héritage, et couvent leur destin dans des corps repus. Alors Louise, la trop vertueuse, les fatigue. Ils rient d'elle. Et Lisbonne charge à nouveau.

— Paraît que tes électeurs te réclament, Targé, lance-t-il depuis le bar, que tu te fais désirer !

Quelques ricanements gênés parcourent l'assemblée. Tout le monde ici a entendu parler de ces comités d'électeurs de Belleville, circonscription du ministre de l'Intérieur, qui réclament un compte rendu de mandat et sont venus jusqu'au ministère pour l'obtenir. Le ministre leur a envoyé un sous-fifre, ils sont repartis bredouilles avec quelques anarchistes à leur tête dénonçant le parti des bourgeois, des opulents et des vendus. Targé ne répond même pas. Il a le deuil pour lui. Il tripote comme souvent sa barbe. Clemenceau s'est approché de lui. Suffit de les regarder pour savoir lequel a de l'avenir. Le petit Targé, sa face écarlate au bord de la colère, du rire ou de l'apoplexie, ne peut rivaliser avec le masque aux pommettes saillantes et la silhouette de tireur au pistolet de Clemenceau. Jamais Clemenceau ne se laisserait apostropher de la sorte dans un bar. Il a le ton âpre et sec qui sied aux longues carrières. Jamais Lisbonne n'oserait. Ils se connaissent bien. D'ailleurs Clemenceau, sur le départ, finit par se planter devant lui avec un fond de bière dans son bock. Il le lève.

— À Louise ! Mais j'aurais préféré qu'elle accepte cette fichue grâce !

Il l'aime bien Louise. Il est promis à de hautes fonctions, mais il est un peu comme Hugo, il entretient avec les révolutionnaires désaccords et protection. Il changera.

— Tu sais, elle va avoir de la peine en apprenant qu'il est mort, ajoute-t-il pour confondre un peu Lisbonne, qui ne pleurera pas.

Lisbonne sait. Il se contente d'opiner. Il est trop catégorique pour se mêler de ces sentiments-là. Quoi qu'il en dise, il est lui aussi plein du silence du poète. Il est peut-être le plus triste de tous. C'est une époque et pas seulement la vie d'Hugo qu'on clôt dans ce petit café enfumé et endeuillé, un passé qui s'en va tout seul, emporte les poètes, les rêves et les hommes qui s'y accrochent.

Un quart d'heure plus tard, il finit par régler ses deux verres. Il sort, laissant sur le bar l'édition spéciale de *L'Ami du peuple* que Lissagaray n'a pas prise en le quittant. Il y a imaginé et écrit le testament d'Hugo, les sommes rondelettes qu'il lègue à ses petits-enfants, au citoyen et à la citoyenne Lockroy, ce qu'il laisse à la Société des gens de lettres, à la Société des auteurs dramatiques, à ses domestiques, aux pauvres de Paris, au gardien du rocher de Guernesey, au concierge de la maison de Bruxelles. « Et pour les révolutionnaires qui se sont sacrifiés avec lui pour la République et qui sont encore de ce monde, une rente viagère de 20 sous par jour ! » L'aumône, quoi ! On croirait l'entendre rugir quand il écrit, Lisbonne. Ce n'est que le premier des testaments imaginaires. Il y en aura d'autres dans les journaux, d'autres chiffres, tout aussi fous, on pastiche les testaments comme les chansons, mais au fond, silencieusement, on se demande ce qu'il laisse, le poète.

Il les laisse seuls, seuls face à l'impossible vérité de l'Histoire, face à eux-mêmes, poignée d'hommes marqués, embrouillés et emportés par les violences et les rêves du siècle écoulé. Seuls avec ce vieux dilemme du monde à changer, cette lancinante question de la radicalité et de la modération, ce besoin de troubles et de paix. Il était homme irrésolu qui fournissait les mots de la révolte, mais écrivait comme on recoud les hommes. Comment feront-ils ?

Le bar s'est vidé, chacun a filé boucler l'édition du lendemain. Le président du Conseil a annoncé au Sénat qu'il soumettra dès demain aux Chambres un projet de loi pour faire à Victor Hugo des funérailles nationales. Au même moment, au conseil municipal de Paris, une voix déjà s'est élevée pour proposer que le Panthéon soit rendu à sa destination première, tombeau des grands hommes comme l'avait voulu la Révolution. Cela voudrait dire le reprendre à l'Église pour y mettre Hugo. Pourquoi pas le 30 mai, le même jour que Voltaire ?

Le rapport de 23 sera bref. Rien à signaler dans une assemblée où passe le ministre de l'Intérieur. « Cent journalistes, Kohn, Fortanquen, Dumont, Tavernier, Lisbonne, Cateille, Mendès, Levet, Lissagaray... Successivement on voit arriver Floquet, Allain-Targé, Clemenceau, Pelletan, Armand, Gouzière. À sept heures, une vingtaine d'intrépides sont encore présents sur la place. » Il signe 23 et d'un léger trait sous son chiffre.

Il est sept heures. La nouvelle court encore. Le corps du poète reste étendu sous sa mansarde tendue de rouge. Plus aucun souffle. Les fleurs du jardin sur son lit ont encore fière allure. La lumière du jour s'est adoucie, elle effleure la pâleur du cadavre, mais elle a retiré ses reflets sur le grand meuble dans lequel il enfermait ses manuscrits. On tire la porte. Demain la chair morte subira les soins qui lui sont dus. Dehors on s'occupe de son éternité. Que laisse-t-il ?

Je laisse une fille malade et deux petits-enfants. Que ma bénédiction soit sur tous. Excepté les huit mille francs par an nécessaires à ma fille, tout ce qui m'appartient appartient à mes petits-enfants.

Paraissent les vrais testaments, il en écrivit plusieurs ces dernières années pour conjurer la fin en approche. Mais qui se soucie d'Adèle, de sa raison perdue en même temps que l'amour ? Elle vit à Saint-Mandé au 106 de la Grand-Rue, dans une maison de folles tenue par la fille d'un célèbre aliéniste. Déjà, lorsqu'il lui rendait visite, le père disait qu'il allait voir sa morte, personne ne relevait, car personne d'autre n'allait la voir. Elle a de loin une silhouette et des gestes de jeune fille, mais elle a cinquante-trois ans, un visage malingre qui minaude et cherche des poses attendrissantes. Parfois elle raisonne bien. Elle a surtout d'étranges habitudes, sa poche est un capharnaüm, on y retrouve la viande servie la veille ou les cailloux du jardin. Elle a mis un mois à enlever un à un ceux d'une longue allée, et le même temps pour les disposer toujours un à un dans une autre allée. On trouvera dans le secrétaire de son père quelques vieilles lettres d'elle, suppliant qu'il l'emmène avec ses amies : « N'oublie pas de venir me chercher, ainsi que Mme Léontine et une autre personne. Et de venir aujourd'hui le plus tôt possible ou demain. Emmène-nous avec insistance. Viens aujourd'hui ou demain. Mets-y de l'insistance. Je t'attends au plus tôt. Mets de l'insistance à m'emmener et à nous prendre. » On trouvera dans ses carnets cette phrase écrite au retour de l'une de ses visites : *Il y a des émotions dont je ne voudrais pas laisser trace. Ma visite d'hier à ma pauvre fille, quel accablement.* Qui songera à lui annoncer que son père vient de mourir ?

Et qui s'inquiète de ces adolescents, Jeanne et Georges, deux fois orphelins ? Ils ont eu peine à quitter la chambre mortuaire, à voir monter et défiler les officiels à la mine compassée. Ils poussaient chaque matin la porte de cette pièce, le trouvaient ses draps au menton, son dur oreiller de crin plié en quatre, qui leur souriait, leur tendait les bras, puis sortait de son lit dans ses dessous de laine rouge, pour s'en aller en

cuisine gober un œuf du bout de son canif et boire un café noir. Il n'y a qu'eux, aujourd'hui, et peut-être la vieille bonne, pour voir sécher et durcir, sur la commode à tiroirs ventrus, la grosse éponge avec laquelle il faisait couler de l'eau froide depuis sa tête jusque ses pieds, le matin. Ils pleurent sans discontinuer. Ils coulent tandis que l'éponge sèche. Ils voudraient voir les objets bouger, une fêlure sur les murs, les portes claquer, car c'est un tremblement de terre, un séisme qui vient d'arriver, mais il semble ne disloquer que leurs têtes, leurs membres, ils sont désarticulés tandis que les adultes gardent leurs bonnes manières et la maison sa vieille allure. Ils héritent de biens et de poèmes chargés de son amour, mais le grand-père ne leur appartient plus, il va se faire manger, le pays réclame son corps et, ça tombe bien, dans un autre de ses testaments, il le lui donne : *Je laisse mon corps à la patrie.*
Corps de roi, il le savait bien.

Oui, mais il est un autre testament. Celui-là, il l'avait tendu à Vacquerie dans une enveloppe ouverte il y a deux ans. Juliette Drouet, sa maîtresse, son ombre depuis cinquante ans, venait de s'éteindre, il était perdu, il sentit son tour proche : *Je donne cinquante mille francs aux pauvres, je désire être porté au cimetière dans leur corbillard. Je refuse l'oraison de toutes les Églises. Je demande une prière à toutes les âmes. Je crois en Dieu.*
Roi des pauvres donc, cette masse grossissante des villes qui effraie les autorités, les églises, qui ne sait pas sa force, mais pourrait bien la sentir en formant un cortège dans le sillage de la dépouille. La nouvelle court.

Ce soir et les prochains, les chambres syndicales, celles des parquetiers, des marbriers, des menuisiers, des ouvriers en voiture, des fumistes en bâtiment, et toutes les autres fixent des réunions pour savoir quoi faire le jour des obsèques du poète. Les tailleurs n'ont rien convoqué, ils sont en palabres permanentes puisque c'est la grève. Ils sont toujours aux Batignolles, trois mille dans cette vaste salle Lévis qui ressemble à une gare avec un bureau au centre, ils pestent contre les machines qui remplacent les ouvriers, pendant que les patrons s'engraissent et achètent des immeubles, mais ils répètent que la grève est trop longue, qu'ils ne s'en sortent pas, et les meneurs leur assurent qu'il faut tenir jusqu'aux funérailles du poète. Là, disent-ils, on pourra se faire entendre. Que laisse-t-il ? Peut-être bien des légions d'hommes et de femmes qui se sentent une dette envers lui, l'envie un jour ou l'autre de se déployer, de s'emplir les poumons d'autre chose que de l'air qu'on leur donne à respirer.

Rien, maintient *L'Ami du peuple* de Lisbonne, qui circule avec son testament imaginaire. Achetez *L'Ami du peuple* ! crient les vendeurs de journaux. Achetez *Le Cri du peuple* ! surenchérissent Lefèbre Théodore et Saloizi Adolphe sans plus être inquiétés par la police, puisque ça y est, il est effectivement mort.

Féger, revenu dans son bureau du commissariat, reçoit les derniers décomptes, tout est calme sur place. Il est neuf heures du soir, il peut rentrer chez lui. Il s'en va à pied, c'est tout près. Quand il a été nommé chef de brigade, le maire du 16e arrondissement lui a donné un appartement de fonction pour lui, sa femme, son fils et sa nièce qu'il élève. Il a fallu emprunter pour le meubler, il n'avait jusqu'alors pour eux tous que deux lits, une table et deux chaises qui tenaient dans une voiture à bras. Mais qu'importent les dettes, il se pourrait que son traitement mensuel de 3 500 francs s'améliore bientôt, l'horizon s'ouvre, il le sent, c'était une belle journée, il entend aux bribes des conversations qu'il frôle sur les trottoirs qu'on ne parle que de cela, de la mort du poète dont il a la garde. Elle court la nouvelle.

Elle a même franchi dans l'après-midi le lourd portail de la prison Saint-Lazare. Dans la cour, les voix montent, chœur féminin où l'on entend chaque jour pleurer des gamines d'à peine seize ans dont les voix deviendront rauques et le corps en lambeaux, des filles sans joie raconter le troc et l'esclavage des maisons closes, des ouvrières voleuses qui avaient gardé pour elles un petit bout d'étoffe ou de bois, des vieilles qui ont insulté un flic dans la rue juste pour se faire embarquer et avoir un peu de pain à se mettre sous la dent, des histoires de zigues et de marlous, d'envie de crever, de sortir, ou de rester là plutôt que d'aller battre le quart dehors. Mais ce soir, les femmes ne se lamentent pas, elles racontent qu'il est mort le poète. Et c'est ainsi que Louise Michel a appris la nouvelle. Victor Hugo s'en va quelques mois après sa mère. Il ferme le convoi des gens aimés.

Le soleil amorce son déclin, la cellule s'assombrit, elles sont plusieurs à l'intérieur, la nouvelle s'installe, et avec elle un paysage dans la tête de Louise, c'est l'enfance. Car c'est dans l'enfance qu'on rencontre Hugo, il faut avoir le cœur encore tendre, des voix autour de soi qui vous parlent du monde, de ses luttes.

Pour Louise, ce fut un grand-père épris de révolution et de Voltaire, il égrenait les jours épiques les larmes aux yeux, en posant sa main sur les cheveux de sa petite-fille comme pour faire descendre sa mémoire de vieil homme dans sa tête à elle. Pendant ce temps-là, la grand-mère jouait de la musique et écrivait, en vers, la vie de la famille dans des recueils de gros papiers cartonnés en rouge. C'est à leur mort que Louise écrivit à Hugo pour la première fois, c'était la lettre d'une fille de vingt ans à son idole. À sa grande surprise, il lui répondit, sans la connaître, sans savoir qu'elle deviendrait plus tard cette femme altière et passionnée. Elle sourit subitement, sans se soucier du regard des autres, elle songe au pauvre luth qu'elle s'était fabriqué avec une planchette de sapin et de vieilles cordes de guitare, à la façon pompeuse dont elle en parla dans l'une de ses lettres à Hugo, « cette lyre dont je vous envoie les plus doux accords ». Elle se trouve un peu ridicule a posteriori, mais il l'écoutait, l'encourageait, lui disait de lui écrire encore, elle l'adolescente en mal de vivre à lui l'illustre poète. Il lui répondait même depuis l'exil. Elle avait l'âge d'Adèle, une quête d'absolu qui transpirait dans ses lettres, mais qui l'emmenait sur des sentiers de colère qu'il connaissait et avait lui-même tracés. Elle se souvient de leurs rencontres, la première avec sa mère, juste avant qu'il ne s'exile, elle était si timide. Elle n'oublie pas sa protection ensuite, le vieux républicain ne voulait pas que l'on fasse de mal à l'incandescente anarchiste, elle était en quelque sorte son enfant, pas sa fille, mais une sauvage qui l'avait trop bien compris, s'oubliait, ne savait pas mettre de barrière entre elle et le monde, faire simplement la paix avec la vie. Mme Meurice courait le

Paris des barricades de la Commune pour l'enlever aux mains des policiers. Et le jour de son procès, Louise sait bien qu'il prit sa plus belle plume pour la sauver de la mort, *Et ceux qui comme moi, te savent incapable, De tout ce qui n'est pas héroïsme et vertu...*

Mais ce sont d'autres mots qu'elle entend ce soir, car comme toujours, elle n'est pas Louise, elle est les autres, elle est la prison, *Lazare, Lazare, lève-toi,* écrivait Hugo. Les autres détenues ne les ont probablement jamais lus ces vers, mais elles les devinent, Louise voit bien dans leurs yeux, leurs réactions, cet après-midi, qu'elles les devinent. Le poète a la réputation de les aimer, de les défendre, il savait, lui, qu'elles ne sont coupables de rien. Elles parlent encore un peu de fenêtre à fenêtre, puis l'écho des femmes s'épuise dans la cour de la prison. Les yeux de Louise sont encore ouverts. La nuit est tombée sur le dernier jour du poète, 22 mai 1885.

Le lendemain, Édouard Lockroy contemple l'hémicycle. C'est l'unanimité nationale, la révérence à Hugo depuis les bancs réactionnaires jusqu'à l'extrême gauche. Et il comprend ce qui va se passer. Ils vont le découper, garder les fleurs, les oiseaux, les enfants, les ruisseaux, la mer, les collines, mais étouffer ses colères, ses causes sous la gloire littéraire. Les poètes, s'ils étaient de grands politiques, ne seraient pas de grands poètes, a dit quelqu'un tout à l'heure. C'est peut-être vrai, la grandeur politique s'est toujours mesurée au sens de la manœuvre et lui n'a jamais cherché que l'influence, pas le pouvoir. Il s'est aussi trouvé des bonapartistes pour se rappeler ses œuvres de jeunesse, l'ode à la Colonne et aux campagnes de l'Empereur. Ceux-là se disent prêts à une souscription publique pour élever un monument ou une statue au poète. Lockroy serre les dents. On va rassembler tout le monde derrière Hugo, tresser tant de couronnes, de discours, de lauriers, qu'il étouffera sous l'hommage. On va enterrer le songe avec le songeur.

C'est un peu sa faute, il aimait tant les honneurs. Déjà son anniversaire, il y a quatre ans, fut fête nationale, on célébra ses soixante-dix-neuf ans en grande pompe, on baptisa l'avenue qu'il habitait de son nom, six cent mille personnes défilèrent sous les fenêtres de cette maison blanche où il vient de mourir. Il y avait là des délégations en tout genre, des horlogers aux sociétés de gymnastique, comme une répétition de ses obsèques, et lui qui saluait, pas mécontent du tout, vieil Hugo populaire, ami de la pompe, des parades et des défilés, immortel avant d'être mort, grand-père de tous, dieu du siècle des grands hommes, jusqu'au grotesque parfois. Lockroy s'en souvient, sa courte silhouette au balcon, ce sourire au-dehors qu'il n'avait plus pour grand monde à l'intérieur, à part pour ses petits-enfants qu'il avait installés à côté de lui à la fenêtre. Il lui fallait toujours Georges et Jeanne, pour oublier ses morts, ses absences, les enfances négligées et écourtées, la sienne, celle de ses fils, de ses filles, il n'avait pas laissé à Lockroy la possibilité de se trouver une place auprès d'eux. Mari de leur mère, c'est tout ce qu'il lui avait concédé. Et il le revoit, il n'y a pas si longtemps, dans le salon très couru des Ménard-Dorian qui réunissent régulièrement les importants de la littérature, de l'art, de la politique. On fit la haie à son arrivée, puis des boîtes dissimulées dans le plafond s'ouvrirent et laissèrent pleuvoir des pétales de roses, tandis qu'un petit orchestre jouait l'hymne écrit à sa gloire par Saint-Saëns. Est-ce lui ou les autres qui voulaient ça ? Lockroy l'observait, comme s'il faisait un pas de côté, comme s'il s'absentait tout en étant là. Le poète était fatigué ce soir-là, un vieillard, il n'était pas resté longtemps. Il semblait ne plus voir que les enfants dont il caressait la tête, et les jolies femmes dont il baisait la main. Si elles portaient des gants, il les repliait sur leur poignet pour sentir leur peau sous ses lèvres. C'était l'une de ses dernières sorties, mais on ne le savait pas.

Lockroy n'a plus de reproches. Que des larmes ces jours-ci au bord des yeux, de vraies larmes qui nettoient tout. La mort va toujours à l'essentiel. Ce qui le lie au poète n'est pas le pacte d'un mariage, d'un clan, ça lui vient de loin, de beaucoup plus loin, de cet âge où un seul mot, un seul jour, un seul être peuvent influencer le reste d'une vie. Il avait sept ou huit ans, son père lui souffla qu'un homme allait venir chez eux, qu'on allait dire aux voisins qu'il était un cousin de sa mère, mais qu'il n'en était rien, ce monsieur était un condamné à mort en fuite.

— À la nuit tombante, lui avait dit son père, tu vas faire semblant de jouer sur le trottoir. Quand tu verras venir un homme à barbe noire qui aura un grand pardessus à col relevé, tu diras sans te retourner, comme si tu te parlais à toi-même : « Est-ce vous Durant ? » S'il répond oui, tu te mettras à marcher tranquillement devant lui et tu l'amèneras ici.

C'est ce qu'il fit. Et toute sa vie, ensuite, Lockroy a marché comme ce jour-là, protégeant un condamné, quel qu'il soit. Ça l'a mené vers Victor Hugo. Et rien, pas même ces années de voisinage à endurer la présence l'un de l'autre, pas même ses regards de vieillard sévère, ses bougonnements en sa présence, leurs disputes parfois, n'ont pu défaire ce nœud de la rencontre, qui n'est autre que l'idéal. Elles viennent de là, ses larmes depuis la mort. De là, cette colère que provoquent en lui les élans douteux de l'hémicycle.

Pourtant elle est imperceptible. Lockroy est de ces gens aimables dont on s'obstine à ne pas voir les vibrations et les passions. Question de corps peut-être, de volume, le sien ne s'impose pas. Ceux qui l'ont connu plus jeune lui trouvaient la voix vibrante et la grâce d'une jeune fille. La suite n'y a rien changé. On l'a vu en Sicile défendre sabre à la main l'Italie aux côtés de Garibaldi, dans les déserts de Syrie et du Liban faisant des croquis pour les missions exploratoires et scientifiques, dans les colonnes des journaux en pamphlétaire de la République, dans les geôles des versaillais avec les sympathisants communards. Et aujourd'hui encore il tiraille contre le gouvernement, la préfecture de police, il a le verbe mordant. Mais on dirait des tirs qui n'arrivent pas, de la poudre de moineau. Il ressemble à un moineau, avec sa figure fine, ses cheveux et sa barbe devenus blancs, son air doux et son ventre qui n'enfle pas comme celui des messieurs prenant de l'âge et de l'importance. Naguère, certains lui trouvaient plutôt l'allure et la ruse d'un chat.

L'unanimisme est tel que la gauche réclame un vote par acclamation. Il n'y a que deux articles à voter. Article 1 : Des funérailles nationales seront faites à Victor Hugo. Article 2 : Un crédit de vingt mille francs est ouvert à cet effet au budget des ministères de l'Intérieur et des Finances. Tout le monde est d'accord. Lockroy enrage. Ils vont édulcorer Hugo.

Le bonapartiste Paul de Cassagnac se lève et monte en tribune. Lockroy le déteste. Chaque fois qu'il l'entend, il retourne à ce petit matin d'il y a treize ans, Cassagnac l'avait provoqué en duel, il le faisait systématiquement dès qu'un article lui déplaisait, il se considérait comme l'offensé et réclamait donc le choix des armes. Le crime de Lockroy était d'avoir écrit un article en faveur de la conscription nationale, et au détour d'une phrase traité Napoléon III et son entourage de bandits et de lâches. Rendez-vous fut pris à cinq heures du matin dans un petit bois non loin de Paris. Lockroy avait pour témoins Targé, pas encore ministre de l'Intérieur, et François-Victor Hugo, le fils du poète. L'air était frais, ils avaient roulé jusqu'au lieu de rendez-vous, ils avaient ri, ils allaient casser du bonapartiste, Lockroy ne laissait rien voir de sa peur du combat à l'épée. Et bien sûr, il perdit. Après six reprises, il fut blessé à la main, les médecins sur place demandèrent l'arrêt du combat et le bandèrent. François-Victor Hugo et Allain-Targé le ramenèrent chez lui en l'assurant que ses mots avaient bien plus de tranchant que l'épée du duc. Mais Lockroy était humilié par sa défaite, pourquoi la force lui manquait-elle toujours face aux autres ? Pourquoi son corps se dérobait-il ? François-Victor était mort un an plus tard de la tuberculose, soit deux ans après son frère Charles, le mari d'Alice. C'est eux qui devraient, à cette heure-ci, défendre la mémoire de leur père.

Cassagnac déclare que puisqu'on a prononcé le nom de République, il refuse de s'associer à la manifestation en l'honneur de Victor Hugo. Rires dans l'hémicycle. Le royaliste Baudry d'Asson se lève à son tour.

— Je regrette que Victor Hugo ne se soit pas endormi dans les bras de l'archevêque de Paris.

Piètres adversaires ! Quelques caricatures, quelques vieilles bêtes désuètes, rien de plus. Le vote est sans appel, l'unanimité moins trois voix pour les funérailles nationales. Lockroy tremble. C'est trop facile, tous les autres vont pomper la gloire d'Hugo le jour de ses funérailles et demain, dès qu'il s'agira de voter la séparation de l'Église et de l'État, ou d'amplifier les pouvoirs des chambres syndicales, ce sera non. Il n'est pas le seul que cette belle unanimité dérange. Le député Anatole de La Forge demande la parole. Il dépose une proposition de loi pour que le Panthéon soit rendu à sa destination première et que les restes d'Hugo y soient conduits. Il réclame même la procédure d'urgence et une discussion immédiate. À droite de l'hémicycle, soudain comme une vague, un bouclier, des hommes dressés, des bras levés, des lorgnons qui tremblent, des bouches ouvertes, qui parlent, ou plutôt crient sans qu'on leur ait donné la parole. Envolé le chagrin. Sus au rêve de la Révolution française qui prétendait chasser Dieu ! La droite se cramponne à l'église Sainte-Geneviève, la gauche veut le retour au temple laïc des grands hommes, Hugo avec Voltaire et Rousseau pour avoir à son tour agrandi l'esprit humain. Les élus grondent et la montagne pousse sous leurs cris. Elle n'est pas bien haute, mais le point culminant de Paris, elle change de mains selon que vient la Révolution ou la Restauration, elle est le thermomètre, l'indéfini de ce siècle qui ne sait pas s'il faut s'en remettre aux penseurs ou à Dieu, elle est le volcan sans lave où conspirent les hommes. Lockroy jubile. Enfin des lignes de fracture ! Bas les masques ! L'extrême gauche est debout, enthousiaste. Les bancs du gouvernement beaucoup moins, la guerre cléricale à cinq mois des prochaines élections, c'est risqué. Targé se lève et parle fort pour couvrir les voix et gagner du temps.

— Il n'y a pas seulement pour le gouvernement des questions préalables à étudier, il y a aussi à prendre l'avis des familles, dit-il prudemment.

La discussion est finalement remise au lendemain. Et la séance levée à trois heures dix. La Forge et quelques autres se pressent autour de Lockroy pour savoir ce qu'il en pense.

— Ma foi, laissez-moi en parler avec Alice, mais je pense qu'enfoncer la porte du Panthéon n'aurait pas déplu à notre grand poète.

Targé, vieux compère de duel, et si soucieux de la famille, a déjà quitté l'hémicycle.

Il faut à Lockroy plus de temps que d'ordinaire pour rentrer chez lui. Bien des voitures font le détour pour passer, même sans s'arrêter, devant la maison mortuaire, et là, la foule à pied, de plus en plus dense, ralentit tout, elle dessine une longue file qui attend pour laisser un message sur les deux registres posés devant la porte. Lockroy se fraie un chemin. Avant de franchir le seuil, il jette un œil sur l'une des pages ouvertes, il sourit, *Fouquer, chiffonnier avenue de Messine*, arrive juste après les signatures de l'ambassadeur du Japon et de plusieurs sénateurs, les ouvriers et les officiels se mélangent dans les registres, mais seuls les premiers font la queue.

Il entre, embrasse Alice sur le front, lui raconte le vote à l'Assemblée, tous ces imbéciles subitement devenus hugoliens, et cette question du Panthéon qui va leur être posée. Qu'en penses-tu ? C'est elle qui gouverne la maison depuis la mort de Juliette il y a deux ans.

Elle fait la réponse qu'il pressentait : il aurait aimé ça, mais il faut en parler à Vacquerie et Meurice. Puis il lui demande comment vont les enfants, il a dit les enfants, comme s'il s'agissait des leurs, comme s'il y avait entre eux et lui quelque tendresse. Il sait, il sent depuis longtemps qu'ils sont au diapason du grand-père, Georges surtout garde ses distances. Et rien depuis le mariage n'a poussé dans le ventre d'Alice. Elle répond en soupirant qu'ils pleurent beaucoup encore, puis d'un mouvement de menton lui indique que là-haut, dans l'autre maison, les embaumeurs ont commencé leur travail. Lockroy lève les yeux vers la fenêtre de la chambre qui donne sur le jardin, il la regarde longuement, il en connaît la lumière qui s'échappait tard le soir, le laissant imaginer Hugo écrivant dans son lit. Une drôle d'idée lui vient, une image plutôt : il lui semble que là-haut, on prépare un banquet, le pays va bientôt manger son poète.

Là-haut, on a déshabillé Victor Hugo, on lave et on frotte son corps d'une lotion désinfectante, on fléchit ses bras, ses genoux, on masse ses mollets pour atténuer la rigidité cadavérique, on colle ses paupières, on coud sa bouche, on draine le sang stagnant, qui s'échappe dans de grosses seringues. Les docteurs Sée et Allix sont là. Ils ont échangé quelques mots au début, cette fois plus rien n'était possible, le cœur et les poumons étaient atteints, se sont-ils répétés. Maintenant ils regardent faire les embaumeurs.

Hugo est nu comme un ver sur son lit, nu comme un homme, celui que dehors on appelle Maître, Père ou

Dieu. Son ventre a bien mangé, son sexe bien bandé, sa poitrine a offert les plus beaux mots et reçu les plus grands honneurs, ce corps-là a tout assouvi, joui de la parole comme de la chair, joui de se diffuser chez l'autre, de le posséder, de le pénétrer, il avait dit un jour, fatigué par un discours : « C'était comme faire trois fois l'amour ! » Et puis après un instant, il avait ajouté : « Non, quatre ! »

On injecte maintenant le formol qui retardera la décomposition. Le commissaire Dupouy, du commissariat du quartier de la Muette et de la porte Dauphine, porte un mouchoir à son nez. L'odeur âcre et piquante du produit le gêne. Il est sujet aux maux d'estomac, ils sont si fréquents, si violents qu'ils l'ont alité le mois dernier et ont fini par dessiner une grimace sur son visage plutôt gracieux. Il presse fort le mouchoir contre son nez, tout en fixant les gestes de l'employé des pompes funèbres qui rhabille enfin le poète d'une chemise de jour et d'un pantalon, puis le rase, le coiffe et le maquille. Le commissaire se dit qu'il y a pire métier que le sien. L'employé tremble un peu, il en a vu d'autres des morts célèbres, on n'a pas fait appel au premier embaumeur venu, mais ce cadavre, c'est une lourde responsabilité, il est parti pour toujours et il doit avoir l'air d'être là. Bientôt crayonneurs et mouleurs vont arriver, l'employé étire puis rétracte les commissures des lèvres, il cherche la plus neutre des expressions, et en même temps la plus singulière, quelque chose qu'on ne fait pas toujours. Mais ça n'existe pas, la mort ne laisse aucun choix, qu'un court délai aux nerfs, à la peau, aux muscles, il faut faire avec ce visage comme avec tous les autres, même s'il doit rayonner éternellement.

Il est six heures et demie de l'après-midi quand tout est terminé. Les embaumeurs, suivis des docteurs et du commissaire, quittent la chambre. Ils descendent dans le vestibule en silence. Lockroy les y attend, il remet une lettre au commissaire à transmettre au préfet de police au sujet de l'encombrement de l'avenue devant chez eux. Tous ont le visage marqué par la fatigue. Dupouy s'en va écrire son rapport, il a besoin d'air.

Une fois tout le monde reparti, Lockroy tire un petit cigare de sa poche et l'allume, il reste dans l'entrée de cette maison qui n'est pas sienne, regarde encore dans l'embrasure de la porte cette longue file de gens modestes qui s'écoule si lentement qu'ils risquent d'y passer un bout de la nuit. Ça lui rappelle une autre foule, joyeuse pourtant, qui se pressait tout autour de la mairie le jour de son mariage avec Alice. À peine les voitures avaient-elles débouché rue Drouot que les cris retentirent sur les trottoirs : « Vive Victor Hugo ! Vive Victor Hugo ! Vive la République ! » Lockroy n'entendit pas Vive les mariés ! mais ça n'avait pas d'importance que son destin se confonde avec celui de la République et qu'il y eût au-dessus de lui la tutelle d'Hugo, ça le rendait tellement heureux, fier au contraire. Il aimait Alice. Elle avait tenu bon et l'avait imposé, le poète s'était résolu au faire-part, *Monsieur Victor Hugo a l'honneur de faire part du mariage de Madame Alice Hugo, sa belle-fille, avec Monsieur Édouard Lockroy, député. Et vous prie d'assister à la célébration de ce mariage qui aura lieu le mardi 3 avril à deux heures précises à la mairie du 9ᵉ arrondissement.* Alice portait ce jour-là une robe de faille grise à traîne avec une tunique de velours, un chapeau gris orné d'un ruban rouge et d'une plume blanche, elle était belle. Elle arriva dans la première voiture avec son beau-père et ses enfants, et lui derrière, pièce rapportée, imposée même, avec Clemenceau pour témoin. Il entendit un Vive Lockroy ! en montant les marches de la mairie et estima le mériter, pas seulement en sa qualité de marié. Ils eurent tous un petit succès particulier, un vivat, une acclamation, et ceux qui s'étonnaient à voix haute de voir Victor Hugo jeter sa belle-fille dans les bras d'un autre s'entendaient immédiatement traiter par le reste de la foule de vils réactionnaires et d'affreux bonapartistes. Il lut le lendemain dans le journal, qui rapportait sur deux longues colonnes l'événement, qu'un brave bourgeois s'exclama : « Je voudrais bien savoir ce que la République a à faire dans ce mariage ! »

C'était il y a huit ans. Il entrait plus près encore dans l'ombre du poète. Dans sa maison. Si la parenté était faible, le lien politique était fort. Il faut ne pas avoir connu ce temps-là, ses vibrations, pour n'y rien comprendre. Toute sa vie s'est confondue avec l'Histoire. Il est trop tard pour en changer, il sent qu'il a vieilli trop vite, perdu de son allant, de sa gaieté, mais c'est comme ça. La vieille bonne passe, lui remet une lettre. Lockroy la glisse dans sa poche et monte à l'étage. Il ouvre la porte et se retrouve quelques minutes seul à seul avec le mort embaumé. Il reste au bout du lit, entre deux colonnes. À la distance qui fut toujours la sienne et ne s'est jamais résorbée. Il ne profite pas de la mort pour approcher. Il le fixe de ses yeux saillants, qu'il a à fleur de visage, comme s'il lui fallait tout voir, tout savoir. Que voudrait-il ? Rejoindre les siens au Père-Lachaise ou forcer par la mort les portes du Panthéon ? Lockroy connaît la réponse, il a même l'impression de l'entendre. Tous les meubles, les objets, les manuscrits de la pièce poussent à la panthéonisation. Et ça lui plaît, à Lockroy, ça va créer du grabuge. Il ouvre alors machinalement la lettre glissée dans sa poche, comme s'il allait la lire au poète, elle vient forcément d'un admirateur.

« Cher Monsieur Lockroy. Ces beau ce que l'on veut faire du Maître notre grand poète au panthéon. Mais ce n'est pas l'idée de tout le monde. Ainsi Victor Hugo une fois enfermer dans le panthéon – ou est la liberté d'aller à sa volonté rendre hommage à ce grand homme ? Beaucoup n'ont pas 90 centimes à donner. Il est tel que le grand jour, le grand air et il aimait les fleurs. Victor Hugo a conduit les siens au Père-Lachaise, pourquoi pas le conduire avec ceux qu'il a tant aimer ? Et en même temps il ne sera pas séquestré dans une enceinte fortifiée. »

C'est signé d'un certain Saint-Lanne. Il habite place Voltaire, au numéro 7, là où la rue de la Roquette s'éloigne de la Bastille, s'élargit et monte vers le cimetière du Père-Lachaise. Elle laisse à droite la Grande Roquette, prison des hommes, à gauche la Petite Roquette, celle des femmes, qui fut aussi celle des enfants au regard noir et douloureux. Elle porte les marques de la guillotine que l'on tire de temps en temps sur les cinq dalles en granit devant la porte de la prison. Cette rue-là et ceux qui y vivent voudraient voir passer la dépouille du poète. Elle est son décor et son décor le réclame. Que préférez-vous ? semblent demander les yeux de Lockroy, revenus sur le lit.

Et c'est là, dès le lendemain, qu'on entend les premières sommations depuis la mort du poète. Dégantez et le doigt sur la détente ! Là, sur le chemin du Père-Lachaise, entre deux prisons, Grande et Petite Roquette, qu'on rédige un procès-verbal : « Drapeau en coton rouge saisi place de la Roquette en face du dépôt des condamnés, entre les mains de M. Gralet. Le commissaire de police. » Tant de commissaires dans la ville.

Là, que sont arrivés d'abord les anarchistes de Levallois-Perret, la rédaction du journal *L'Audace*, les tailleurs grévistes, la chambre syndicale des menuisiers. Là, que les femmes et les mômes encagés à la Petite Roquette crient leur soutien au cortège du souvenir, visages collés aux barreaux. Là, qu'on distribue un chant révolutionnaire, *Allons enfants des fusillés, Mettez dans leurs fusils rouillés de la mitraille. Guerre aux exploiteurs, aux tyrans, Allons debout, serrez vos rangs, Pour la Bataille*. Là, que surgissent des prisons deux cent trente gardes juchés sur leurs chevaux, mains appuyées sur le pommeau de leur selle mais prêtes à sortir le sabre du fourreau. Là, juste après l'entrée principale du cimetière, que jaillissent de leurs manteaux les drapeaux rouges telles des traînées de sang. Ils ondulent et claquent au peu de vent, ils ignorent les menaces de la police, Vous pourrez le déplier quand vous serez au mur, là-bas vous serez chez vous ! Chez vous au mur des Fédérés, avec vos fusillés ! Ils flottent au-dessus de la foule qui avance avec ses couronnes de fleurs vers ledit mur, en hurlant Vive la Commune ! Là, qu'ordre est donné de charger. Alors la cavalerie fonce, piétine hommes, femmes et tombes pour faire disparaître au plus vite l'étoffe rouge, les chevaux se cabrent, les gardiens mettent sabre au clair, baïonnettes au canon, puis les lames plongent.

Là, division 27, où l'on n'enterrera pas le poète, où gisent son père, sa mère, son frère mais aussi ses fils, qu'une femme s'effondre, son drapeau sur elle, tel un linceul. Là, que Maxime Lisbonne est blessé à la tête par le plat d'un sabre. Il hurle, il s'époumone, comme naguère lorsqu'il ordonnait qu'on érige une barricade, qu'on la renforce avec les cadavres des camarades, il est comme l'aiguille d'une horloge qu'on vient de remonter, il redevient colonel de la Commune. Mais il n'est plus question d'avancer, de monter à l'assaut ou de faire des discours devant le mur, les policiers tirent à l'aveugle, les manifestants s'enfuient, certains jetant des pierres, d'autres traînant leurs blessés vers un lieu sûr, ou vers l'hôpital Tenon si ça saigne trop.

À quatre heures de l'après-midi, tout est terminé. Le cimetière est plein du silence d'après la bataille.

Il compte quatre nouveaux morts qu'on n'enterrera pas là et qu'aucun rapport officiel jamais ne reconnaîtra. Ce n'était qu'un enterrement sans cesse recommencé depuis des années, les obsèques d'une révolution et de ses idéaux qu'aucun ne peut oublier, un dimanche où l'on vient en nombre et en habits propres. Jamais le cimetière n'avait été ainsi quadrillé par la cavalerie et l'infanterie. Le gouvernement a cherché la collision, une démonstration de force à quelques jours des funérailles du poète.

Maxime Lisbonne s'est retranché avec d'autres dans un café du boulevard de Charonne. Le sang sèche sur ses cheveux longs, sa poitrine se soulève sous sa jaquette ouverte, il reprend son souffle tandis que les coups de feu s'éloignent. Il éructe contre cet ivrogne de Targé. Il ne sait pas encore qu'à cause de ce dimanche, il ira aux funérailles d'Hugo.

Une heure plus tard, avec d'autres, il claudique vers Belleville. Il va au 138 boulevard de Ménilmontant, salle Graffard, longtemps elle servit au bal, mais, par les temps qui courent, c'est une arène politique. Elle est déjà comble lorsqu'il entre. Les manifestants se sont donné rendez-vous là, après le cimetière. Ils portent sur eux la poussière et les blessures de l'affrontement, ils sont comme des bêtes traquées, ils ont les yeux brillants, le corps agité comme s'ils détalaient encore. Et ils se lèvent quand le premier orateur les invite à s'armer le jour de l'enterrement de Victor Hugo, ils exultent quand le deuxième appelle aux armes les anarchistes courageux, ils brandissent poings et chapeaux quand le troisième s'enflamme :

— Vous voyez, citoyens, que l'heure est arrivée pour faire la révolution, et l'enterrement de Victor Hugo sera le signal !
— Vive la révolution sociale ! crie la salle.
23 aussi parfois se redresse et lève un poing solidaire, mais pour aussitôt replonger vers sa page. Il est probablement installé parmi les journalistes autorisés et acquis à la cause, qui prennent des notes sur une table posée au pied de la tribune. Il connaît les noms et les visages de chacun, il sait qui parle. Et il guette Lisbonne, silencieux mais bouillant, qui semble prêt à mettre le feu à la planète. Quand donc va-t-il monter en tribune celui-là ? Qu'il parle et 23 prendra note. Citer Lisbonne dans ses rapports lui procure un certain plaisir, c'est sa revanche, le timoré avalant le tribun, la petite main de la presse anarchiste brisant l'élan du pamphlétaire.
Mais Lisbonne ne bouge pas. Il ne comprend pas cette salle qui ne parle que de rejoindre les obsèques d'Hugo. Bien sûr, l'occasion est belle d'aller y semer la colère et le désordre, mais Lisbonne n'en a pas envie, il ne veut pas défiler derrière le cercueil de ce charmeur du peuple en compagnie du gouvernement. Son visage est dur, son cerveau une boule de nerfs et de sang. Il regarde la foule depuis la fosse jusqu'au dernier balcon, certains sont jeunes encore mais ne le savent pas, ils ont le corps, le visage et les mains comme s'ils avaient vécu le double, ils s'épuisent à l'usine la journée, exultent ici le soir, qu'ils dansent ou fomentent la révolte. Le nom du poète les met en joie, mais qu'a donc fait cet homme pour ainsi pénétrer leurs esprits ? Il les a vus, racontés, c'est vrai, et ce n'est pas courant chez les gens de son rang, mais

ce n'était que des mots, les ont-ils seulement lus ? Il y eut toujours tant d'illettrés aux barricades comme au bagne, tant d'enfances sans tendresse ni école. Lui les a lus, tous et depuis longtemps. Il les a aimés, les aime encore, certains même il les a appris par cœur. Lisbonne est acteur avant d'être révolutionnaire, il jouait *Ruy Blas* quand la pièce était interdite et le poète en exil, il était le héros dans sa livrée de valet, une voix éprise de justice ferraillant contre les oligarques. Les mots d'Hugo soignaient sa colère, coulaient en lui comme ses propres pensées. Puis les guerres l'ont arraché au théâtre, la révolution aussi, et c'est elle qui lui a offert son plus beau rôle, le point culminant de sa vie, colonel d'une guerre perdue. Il n'entendit plus les mots du poète soutenir sa cause, ou alors trop tard depuis son bagne de Nouvelle-Calédonie, quand leur arrivaient les débats parisiens sur l'amnistie. Tous là-bas savaient qu'Hugo était pour eux et ça leur donnait de l'espoir. Mais Lisbonne lui en voulait, comme on en veut à ceux qu'on a aimés. Il l'a rejoué pourtant, pas plus tard que l'année dernière. Il avait pris la direction des Bouffes du Nord et monté *Lucrèce Borgia*, puis *Hernani*. La salle était pleine d'anciens camarades et proscrits. Malheureusement, le propriétaire en déduisit qu'il pouvait monter le loyer et Lisbonne ne put pas suivre. Il perdit le théâtre et son dernier lien avec Victor Hugo.

Alors il se tait, tandis que ses plaies se figent en croûtes sur son crâne. Un instant son regard croise celui de 23, il fait un mouvement de tête qui ressemble à un salut et 23 le lui rend. Lisbonne ne figurera pas dans son rapport. Il ne dira rien. La soirée est longue pourtant, les volutes de fumée épaississent autour des lustres qui ressemblent à des bouquets électriques. C'est Chabert, déjà sur les barricades en 1848, qui clôt la réunion. Il monte à la tribune pour déclarer de son visage creux et ridé qu'il sacrifiera ses vieux jours à la révolution et qu'il se mettra à la tête du peuple lors de l'enterrement de Victor Hugo.

— Il faut y aller tous bien armés ! s'écrie-t-il comme au premier jour.

Le poète leur dirait, Non ! Ne prenez pas les armes. Mais il n'est plus que le héros impuissant de ses obsèques. Plus qu'un cadavre encore dans sa chambre. Et pendant qu'ils complotent, la vieille bonne balaie autour de son lit. Les sculpteurs sont venus mouler son corps ce matin, le sol est plein de la poussière du plâtre. Ils l'ont étalé sur son visage immobile cherchant le masque mortuaire, sur sa barbe de vieux sage, exercice toujours délicat d'après eux, sur ses épaules et sa poitrine, et sur sa main qui écrivait. Ils ont tourné religieusement autour de son corps. Elle était là, vieille bonne, simple témoin posté juste à côté du commissaire Dupouy de nouveau réquisitionné. Elle n'aimait pas qu'on salisse ainsi le grand homme dont elle avait pris soin pendant tant d'années, elle regardait la scène, fatiguée, les lèvres pincées, mais restait puisqu'on lui avait demandé de représenter la famille. Elle fixait la poussière qui se déposait sur le tapis qu'elle nettoierait. Elle se rappelait le vieil homme qui parlait encore, Comme c'est long la mort, disait-il sur ce lit une semaine plus tôt.

Comme c'est long de la mort aux funérailles.

Il fait nuit quand la réunion se termine salle Graffard, ces nuits de printemps pas encore vraiment chaudes, mais douces. Avant de s'éclipser, 23 demande au trésorier de la soirée combien il a dans sa cagnotte. Cent quatre-vingts francs, dit l'autre, pas mécontent. Les portes s'ouvrent. La foule s'en va, parlant fort encore, frôlant les fabriques pleines de suie et d'odeurs qui l'aspireront demain. Elle se dissout sous la lumière jaune des becs de gaz qui éclairent mollement les rues peu sûres et donnent à chacun l'allure d'un rôdeur ou d'un fauteur de troubles. Elle se retrouvera aux obsèques du poète, pour la révolution et d'obscures raisons qui ne s'énoncent pas. Elle et lui se sont grandis mutuellement, dans une étrange correspondance, portés par ce siècle rêveur et exalté qui s'achève. Il y a entre eux un pacte silencieux. C'est elle, dont il écrivit la musique, elle, dont il a extrait ses personnages, ses Misérables, elle, qui fit de lui autre chose qu'une gloire littéraire sortie des entrailles d'une mère royaliste et d'un père officier de l'Empire. C'est elle qui le rend immortel, bien davantage que le plâtre sur son corps qui accouchera demain de multiples bustes qu'on disposera dans les monuments, les musées, les écoles.

Une course est engagée, combat de l'officiel et de l'interdit, combat du jour et de la nuit.

La file d'hier devant la maison ne s'est épuisée qu'à une heure du matin. La vieille bonne avait posé deux lanternes sur la table des registres et les gens sont restés malgré la pluie, le vent, et même la nuit, ils avançaient en piétinant. Jeanne et Georges, postés derrière un rideau du premier étage, les regardaient, pas vraiment surpris. Toute leur courte vie a été rythmée par les hommages, les discours, les banquets, les honneurs, les estrades. Le poète les installait à ses côtés, l'un à sa droite, l'autre à sa gauche, et ils se laissaient faire, posaient avec lui sans chercher à comprendre, sans même s'interroger. C'était naturel, ils ne l'avaient pas connu jeune, pas vu fuir, ni vieillir, ils se fiaient à ses mots, à ses yeux brillants quand ils se posaient sur eux, à ceux des autres qui semblaient le respecter infiniment, et à ces acclamations toujours entendues sur le passage du grand-père : « Vive Victor Hugo ! » Au point que Vive semblait faire partie de son nom, comme on aurait dit Monsieur Victor Hugo. Mais Vive ça veut dire longue vie et c'est fini.

Cette foule fidèle qui se masse devant la maison ne leur fait plus l'effet d'une caresse. Le jour, ils la fuient, ils ne sortent pas, ne vont pas au lycée. Le soir, ils la fixent pour fuir le sommeil, mais aussi le silence et le cadavre de l'intérieur. Et quand finalement le dernier s'en va, que la porte sur l'avenue se referme, ils descendent dans le vestibule pour lire ce que contiennent les registres humides. Ils y ont lu « Au grand humain », ça leur a plu. Ils y ont lu l'hommage d'un Vénézuélien, « Ma patrie pleure aussi la mort du grand Hugo ».

— C'est où le Venezuela ? a demandé Alice.

— En Amérique du Sud, a répondu Georges.

— Nous aurions dû monter dans la statue, a soudain dit Jeanne en pensant à l'Amérique.

Alice, assise avec eux, a souri. Étrange comme les événements s'emboîtent. La statue de la Liberté vient de partir pour New York, mise en pièces dans des caisses, c'était le jour même de la mort du poète, elle l'a lu dans les journaux, la coïncidence des dates l'a frappée. Et maintenant Jeanne l'évoque, jeune fille gâtée que son grand-père emmena la visiter dans les ateliers il y a quelques mois. Il y tenait, juste avant que la statue ne s'en aille, il était comme toujours enthousiaste de l'œuvre, du symbole, et il avait voulu monter les cent soixante-huit marches intérieures qui mènent à la tête de la dame. Mais Alice, pour ménager son cœur et son orgueil, avait prétexté que ça la fatiguerait et ils avaient renoncé.

— Il voulait le faire pour t'impressionner. Mais ça l'aurait épuisé, glisse-t-elle à sa fille.

Alice et ses deux enfants restent ainsi collés l'un à l'autre, penchés sur les registres, faisant moisson de mots, alluvion de souvenirs. Le public fait partie de leur vie. Depuis toujours, quelle que soit l'heure, quel que soit leur âge, les enfants dînaient là, chaque soir, parmi les convives, Hugo les voulait avec lui, pour lui tout seul et devant tout le monde. On pouvait les voir s'endormir à table un os de poulet entre les mains, ou bien le poète refuser le dessert par solidarité avec eux qui avaient été punis.

— Je me souviens d'un soir, raconte Alice, Jeanne avait été privée de dessert et puis vous étiez partis vous coucher. Nous lui avons dit qu'il pouvait prendre sa part maintenant qu'elle n'était plus là. Il avait répondu : « Non je n'en mangerai pas, on ne doit jamais manquer à sa parole, surtout quand on la donne à sa petite-fille. »

Qu'il est étrange d'avoir été tant aimé par un homme et de devoir le partager, l'offrir au va-et-vient des importants qui montent dans sa chambre, le laisser à la foule qui attend, l'air de dire qu'on aime autant dehors que dedans. Ce n'est pas possible, ce n'est pas vrai. Sa famille c'est la France ! s'est exclamé un député d'extrême gauche pour presser Targé qui dit consulter les proches au sujet du Panthéon. Ils ne l'ont pas entendu cette formule d'Assemblée, mais qu'importe, au fond d'eux ils le savent déjà. Ils disparaissent. Ils finissent par éteindre les lumières, rejoindre leur maison d'à côté, leur chambre. Il est très tard. Les jours sont longs, mordent sur la nuit, cette obscurité où tout recommence, les réunions, les complots, les hésitations avec le grand jour des funérailles. Que faire ?

Rien, dit toujours Maxime Lisbonne qui va de salle en salle sur sa jambe raide, Hugo n'était pas de notre bord. Mais l'amnistie pour les communards ? Mais l'exil ? Mais *Les Châtiments* ? disent ses amis. Et recommence la lecture du passé, l'examen des regrets. C'est le lot de ceux qui espèrent changer le monde. Il y a en eux un nerf à vif, tendu par l'espoir et la colère, par la question qu'ils ne formulent pas : Où est l'illusion, où est la vérité ?, qui les rend ardents, parfois violents, les consume et n'efface rien.

Ce soir, à la réunion des révolutionnaires au 33 quai de Bourbon, un socialiste est venu accompagné d'un certain May, qu'il a présenté comme négociant dans le quartier de Charonne. L'homme a l'air très amical, souriant, convaincu, il les pousse à sortir le drapeau rouge aux obsèques du poète et déclare être assez riche pour fournir quarante revolvers avec des munitions à tous ceux qui voudraient se ranger autour du drapeau pour le protéger. Tous l'écoutent, certains ont même le cœur qui commence à battre, mais beaucoup secouent la tête et le dévisagent. Tant de pistolets qui tombent du ciel, ce n'est pas habituel, c'est louche même. Alors il plaide encore, le négociant, s'agite dans son corps sec et nerveux, il veut mettre son argent au service de la révolution. Mais soudain Stumph, un grand costaud dont personne n'arrive à prononcer le nom, se lève et déclare le doigt tendu :

— Je le reconnais, c'est un membre du parti bonapartiste !

L'ennemi est donc venu les chauffer pour les envoyer directement dans la gueule de la police. Vieille tactique, on les arme, puis on les dénonce. May jure ses grands dieux que non, il est avec eux ! mais il recule vers la porte, l'assistance est debout, les poings serrés, et bientôt elle fond sur lui. Il sort de là tuméfié et les poches vides. Ça servira à payer la salle, la table, et peut-être bien quelques armes.

Et le jour se lève. Une longue file s'est reformée devant la maison. Une haie d'hommages en bon ordre qui dépose des couronnes, laisse un message dans les épais registres sous l'œil des brigadiers de Féger qui lisent tout. Viennent des visiteurs protocolaires, certains montent dans la chambre. Alice parfois leur tend une rose qui fane doucement sur le lit. Puis viennent des délégations, vingt et un élèves d'une institution de Boulogne, plusieurs membres du Comité de la Défense nationale de 1871, bande d'anciens communards qui déposent une couronne. Ceux-là, Lockroy les invite à rentrer sous l'œil de Féger posté devant la maison. Féger les reconnaîtrait entre mille, même sans couronnes, même en passant sur un trottoir, ces enragés de la Commune. Il y a quatorze ans, il les combattait, il était de la première compagnie à Versailles, il se rappelle le bombardement d'Asnières, de Courcelles, puis l'avancée, la prise d'assaut des barricades de Montmartre et des Buttes-Chaumont, elles tombaient une par une, ils n'en faisaient qu'une bouchée. Il se rappelle leur repli, leurs ordres en pagaille, leurs têtes aux bandages ensanglantés, mais surtout cette absence de peur sur leurs visages, c'est à ça qu'il les reconnaît, ils sont tellement sûrs d'eux, convaincus d'avoir raison. Il était en première ligne, Féger, il en a embroché plus d'un au bout de sa baïonnette, et tous le regardaient approcher, l'air de dire : Je saurai mourir. Féger ne l'a jamais oublié ce regard, parce qu'il lui est totalement étranger, il en serait incapable. Le reste, le sang répandu, le sol jonché de cadavres ou d'hommes à l'agonie, ça ne l'a jamais empêché de dormir, c'est autant de recommandations dans son dossier de la part de ses supérieurs militaires qui louent sa combativité.

Au bout de dix minutes, le comité de 1871 ressort. Féger observe froidement la poignée de main chaleureuse que leur offre Lockroy puis il tourne la tête. Voilà qu'arrive la marche des étudiants. Ils sont une centaine, rangés par file de six, ils sont partis une heure plus tôt du Panthéon, manière de dire au gouvernement, qui n'a encore rien décidé, que c'est là que le poète doit reposer. Ils ont descendu la rue Soufflot, le boulevard Saint-Michel, ils ont pris le boulevard Saint-Germain, la place de la Concorde, les Champs-Élysées. Le porte-drapeau et plusieurs délégués se placent devant la maison et leurs camarades défilent chapeau bas. Tous portent une feuille de lierre à la boutonnière. Elle pourrait provenir du jardin.

Féger fait une nouvelle dépêche. « Police municipale du 16e. La foule devient plus nombreuse aux abords de la maison de Victor Hugo. Il y a environ 2 000 personnes et beaucoup de voitures. » Viennent les immuables mots de fin : « Calme parfait. Féger. » Comme si l'un n'allait pas sans l'autre.

Pendant ce temps à l'Hôtel de Ville, une autre file s'allonge pour s'inscrire au défilé des funérailles. Une liste des vingt groupes autorisés est accrochée sur le mur extérieur. Lissagaray la parcourt. Il vient pour être du onzième groupe, celui des chambres syndicales, des corporations et sociétés ouvrières. Il sourit en voyant qui les précédera : sociétés militaires et patriotiques. Voilà bien des gens avec lesquels il n'a jamais défilé. Ça risque même de frotter. Puis son regard jauge la foule devant lui. Deux bonnes heures d'attente avant d'atteindre un guichet.

— Y a qu'à tuer le temps... soupire-t-il à voix haute.
— Le crime parfait, ricane un type à côté de lui.

Lissagaray lui tend la main et se présente.

— Lissagaray, *La Bataille*.
— Murat, *Les Insurgés*.
— Tu t'inscris à quel groupe ?
— Le quinzième, sociétés et cercles politiques de Paris.
— Ah ben merde ! dit Lissagaray qui pensait avoir suffisamment d'affinités avec son voisin pour figurer dans le même groupe que lui. Moi c'est le onzième.

Ensemble ils regardent sur la liste officielle ce qui les sépare. Treizième groupe : sociétés de libre-pensée. Quatorzième : loges maçonniques.

— Plus on recule, plus ça commence à devenir fréquentable ! rigole Lissagaray.
— Mais c'est quoi ce douzième groupe, les sociétés étrangères ? demande l'autre.
— J'sais pas. On pourrait y caser nos amis socialistes allemands. Paraît que les étudiants veulent leur casser la gueule. On les protégera...
— Quoique ce serait plutôt le dix-septième groupe, les camarades allemands. Regarde, sociétés et cercles politiques de l'étranger.

De tout temps, l'administration a eu ses cases, son langage, elle embrouille ses files d'attente pour qu'on arrive diminué au guichet. Là, une salve de questions : Depuis quand existe votre groupe ? Est-il nombreux ?

Avez-vous un drapeau, une bannière ? Quelle est sa couleur ? Quelle inscription dessus ? Êtes-vous vacciné contre la révolution ?

— Si je suis vacciné contre la révolution ? Eh bien non ! tonne Lissagaray de son fort accent de Gascogne à la face de l'employé. Mais je veux des cartes pour aller à l'enterrement d'Hugo !

— Le drapeau rouge est interdit et vous devez l'accepter, dit le plumitif de l'administration derrière son guichet.

— Je refuse de l'accepter !

— C'est à vos risques et périls, répond l'autre qui lui tend tout de même quelques feuilles valant inscription au onzième groupe. Il s'empressera de faire une note à sa hiérarchie sur ce Lissagaray venu pérorer au guichet. La suite relève de la police.

Lissagaray repart d'humeur plutôt joyeuse, bien que tout cela lui ait pris trois bonnes heures. La file était longue, la préfecture très préfectorale, mais ça frotte ! ça chauffe ! Partout des élans pour le poète, partout les cris des vendeurs des journaux qui s'affrontent. La journée de dimanche au Père-Lachaise a laissé des traces, « La Commune s'empare du cadavre de Victor Hugo et règne dans la cité », déplore *Le Gaulois*. C'est bon cette odeur de soufre, ce parfum de printemps, le gouvernement n'a encore rien dit du parcours des obsèques, mais si l'on va au Père-Lachaise, on est à la maison, si l'on va au Panthéon, on célèbre la Révolution. « Curés faites place ! Débarrassez cet asile de vos Dieux que nous puissions y mettre nos hommes ! », a écrit Lissagaray dans *La Bataille*, ce matin. Il marche de bonne allure vers la rue du

Faubourg-Montmartre. Paris est devenu le terrain de jeu de ce journaliste provincial et nerveux qui commença sur sa terre natale d'Auch. C'est ici qu'on peut batailler contre le gouvernement.

Arrivé au journal, il apprend les verdicts tombés aujourd'hui pour ceux qui ont été arrêtés dimanche.
— Il faut les publier chaque jour, car il y en aura d'autres, dit-il.
La liste est envoyée à la composition. Charletti Achille, tailleur de pierre, 38 ans, un mois de prison. Pierlet Julien, fumiste, 39 ans, deux mois de prison. Suret Gustave, colporteur, 28 ans, quinze jours de prison. Villy, tourneur en cuivre, 45 ans, quinze jours de prison.
Une fois l'édition bouclée, Lissagaray file au Café Hollandais, galerie Montpensier, au Palais-Royal, « le Holl » comme on l'appelle, avec sa galiote pour enseigne, ses deux salles de réunion, dans l'une le billard, dans l'autre la politique. C'est là que les anciens de la Commune se réunissent. Lisbonne lève sa canne pour demander la parole.
— Il faut que le drapeau rouge flotte le jour des funérailles de Victor Hugo ! s'écrie-t-il.
L'émotion populaire l'a manifestement fait évoluer. Il est d'avis que tous les révolutionnaires se réunissent en un point central pour défendre leur drapeau. La salle l'applaudit. Un Anglais propose alors que le mot « Amnistie » soit inscrit sur le drapeau rouge.
— Ah non ! Nous aurions l'air de capituler ! Il faut déclarer la guerre au gouvernement ! lui rétorque Lissagaray à peine installé.

Il fait un clin d'œil à Lisbonne qui lui répond par un sourire. L'un était triste, l'autre faisait mine de ne pas l'être le jour de la mort du poète, mais ils veulent la même chose le jour de ses funérailles. Rien n'échappe à 23 qui a pris note de chacune de leurs déclarations. Ces deux-là sont à surveiller d'après les instructions, ils ont l'expérience de la révolution et l'âge de s'y remettre.

Lissagaray quitte la réunion avant la fin. Il longe la galerie Montpensier. Elle est devenue sombre, elle s'éteint, les cafés ferment les uns après les autres, eux qui contenaient tant d'époques, d'histoires. C'est ici qu'on chauffait le peuple la veille de la prise de la Bastille. Mais ce n'est plus le Paris de la Révolution, même plus celui des Misérables, ceux-là on les appelle les prolétaires désormais, ils travaillent dans les fabriques et les usines, ils s'organisent. Les lignes, les mots, les structures de la révolte se déplacent, tout change. Ce soir au 14 boulevard de Magenta, salle Laprade, les anarchistes du quartier de la Goutte-d'Or ont convoqué tous les révolutionnaires sans distinction d'école. C'est là que Lissagaray s'en va. Il aime la sueur des salles de réunion. En traverser plusieurs en une seule soirée.

Il y a bien longtemps déjà, il disait qu'il ne fallait pas prendre le temps d'être jeune, qu'il fallait être vieux à vingt-cinq ans pour ne pas être serf à trente ans. Il pouvait alors devenir un dandy, il en avait l'élégance, l'éloquence, la culture, le style d'une famille désargentée, il avait même voyagé en Amérique. Mais si les livres produisent trop souvent l'envie de briller, ils déclenchent aussi celle d'agir. La révolte grondait au fond de lui. Quatre ans plus tard, ce Gascon fondait son premier journal à Auch, il proclamait son opposition à l'Empire et rejoignait le vaste parti de la révolution. On était en 1868, il venait d'avoir trente ans et il n'était pas un serf.

Il en a quarante-sept aujourd'hui. Il a hurlé ce matin à l'employé de la préfecture qu'il n'en avait pas fini avec la révolution. Elle est un miroir. Comme l'amour. Et elle a également en commun avec lui de n'avoir pas de moyen terme, ou elle perd ou elle sauve. En a-t-il fini avec l'amour, Lissagaray ? Il était fiancé. La très jeune fille s'appelait Eleanor Marx, fille du célèbre Karl. Elle était belle, jeune, dix-sept ans lorsqu'ils se sont rencontrés, si jeune que le père n'apprécia pas l'union avec ce Français en exil qui en avait le double. « Lissa », comme on disait chez les Marx, était l'un de ces communards en fuite et sans le sou à Londres. Il y avait entamé à chaud l'écriture de l'histoire du soulèvement parisien. Il recueillait les témoignages des nombreux proscrits réfugiés en Angleterre, il disséquait la révolte, ses points forts, ses points faibles, il en parlait longuement avec Karl Marx qui cherchait lui aussi à tirer les leçons de cette défaite, il écrivait et Eleanor traduisait en anglais. Elle était amoureuse, mais fragile, portée par ce corps trop maigre des filles qui hésitent à grandir. Ils se fiancèrent, les parents bien que réticents ne s'y opposèrent pas, ils ne voulaient pas aller contre leur fille. Lissa l'étreignait avec une tendresse muette, patiente et impuissante, il sentait bien, avec le temps, qu'elle s'enfonçait dans la dépression et ne parlait plus d'amour. Il rentra à Paris dès l'amnistie réclamée par Hugo votée, sans trop savoir ce qui subsistait de ses fiançailles. Il fallut quelques années encore pour qu'elle lui écrive la lettre de rupture définitive. Elle l'assurait qu'il n'avait rien à se reprocher, qu'il avait été le plus doux des hommes et qu'elle voulait rester son amie. On ne lui a pas connu de compagne visible depuis. Mais une fibre révolutionnaire intacte.

Étrange ce que son destin doit à ces deux figures, Hugo et Marx, et comme ces jours-ci, dans les salles enfumées des révolutionnaires, ce sont les jeunes collectivistes qui souvent refusent l'hommage au poète. Ils n'ont pas senti la puissance de son geste quand il choisit l'exil face au troisième Napoléon, pas retenu la portée de sa voix quand enfin l'amnistie fut votée, ni mesuré ce qu'il a distillé d'espoir, ils citent Karl Marx et chassent Victor Hugo le bourgeois aves ses actifs à la banque. Lissagaray méprise leur raisonnement, il revendique et Marx et Hugo. Il faut des mots à chaque époque, qui se complètent et s'amendent. Il a suffisamment lu le poète pour avoir entendu ce qu'il dit, qu'il n'y a rien de clair, de certain, qu'il est du mystère aux changements des êtres et des choses.

Et il sourit, salle Laprade chez les anarchistes, il sourit de ses lèvres fines, parce que le mélange est en train de prendre, on y décide de se rendre aux obsèques avec deux drapeaux noirs portant des inscriptions en rouge, sur l'un sera écrit « Les Châtiments », sur l'autre « Les Misérables ». Les mots sont en train de faire leur œuvre, ils n'appartiennent plus et depuis longtemps à celui qui les a écrits, mais à ceux qui les ont lus ou simplement entendus. Ils transportent des cadavres, des affamés, ils font flamber le rêve et la colère, la légende de Paris prêt à s'insurger, ils tissent leurs lettres sur le drapeau noir de l'anarchie, ils raccommodent les révoltés et le poète sénateur, ils voyagent et ils sont faits pour ça. Et qu'importe la voix qui claque et dit : « Nous autres anarchistes, nous nous foutons de Victor Hugo, si nous allons à son enterrement ce n'est pas pour l'homme, mais bien pour affirmer nos droits et manifester nos sentiments de vengeance contre cette société qui nous opprime. »

21 note que Willems cherche des volontaires pour attaquer les élus du Sénat et de l'Assemblée nationale le jour des obsèques.

— De quoi se servira-t-on pour frapper ? demande un anarchiste.

— Tout est prêt, il n'y a qu'à accepter, répond Willems.

Le cadavre est toujours dans son lit, couché sur le dos, la tête surélevée par deux oreillers, les bras le long du corps, le buste dégagé, émergeant de la blancheur des draps. On l'a nettoyé du plâtre des mouleurs. La bonne a secoué le tapis, balayé autour du lit. La porte s'entrouvre, Jeanne et Georges le regardent, mais d'un peu loin, ils restent pétrifiés sur le seuil. Papapa ne tourne plus la tête, ne tend plus les bras, il est de cire. Il leur semble même que quelque chose a changé sur son visage, par rapport à hier, comme un rictus sur ses lèvres. Rit-il des débats et des agitations politiques, de ses vieux adversaires qui finalement adorent ses vers, des révolutionnaires qui finalement brodent ses mots sur leurs drapeaux, des colères de l'évêque qui proteste au nom de la conscience chrétienne outragée contre la confiscation de son église, s'écrie qu'on chasse Dieu de sa demeure, et tout ça pour un poète illustre qui a refusé la prière de l'Église ?

Ils sont tous prisonniers de lui. Il est un spectre. La mort semble ne pas l'atteindre, il pourrait réapparaître à la fenêtre qui donne sur l'avenue et tout cela n'aurait été qu'une célébration de plus. Et il rirait, sûr de son génie, l'air de dire : Ce n'est pas avec des rimes, disiez-vous, qu'on détruit le vieil ordre existant, mais sans la poésie en aurait-on eu l'idée ?

C'est elle, la poésie, qui dirait le mieux les rues fébriles à la mort du poète, cette chose indéfinissable qui engourdit le pays, le dernier souffle d'Hugo tel un vent fort, qui ne faiblit pas, tourne, de jour comme de nuit, d'où vient-il ? Au guichet des gares de la Compagnie du chemin de fer, on demandera demain comme hier s'il n'est pas possible d'organiser des trains spéciaux qui permettraient aux provinciaux de rejoindre la capitale. Et cette nuit dans les salles parisiennes, on parle encore et encore, on devise, on aime ou on n'aime plus. Devant chez le poète, la file doucement s'épuise. Une main noire vient de signer le registre, *Haïti pleure son grand amant*.

Il n'y a donc que lui et les défunts qui flottent dans leur costume ? Drôle de question dans la tête de Lockroy, qui fait machinalement tourner son lorgnon autour de son index tendu. Il a rejoint sa place dans l'hémicycle. La séance est agitée. Ce matin, les décrets sont tombés, le premier dit : Le Panthéon est rendu à sa destination primitive et légale. Le second : Le corps de Victor Hugo y sera déposé. Il n'y aura donc pas de vote. Depuis une heure, la droite hurle au blasphème, pleure une France arrachée à l'Église et vouée au culte maçonnique, de l'autre côté l'extrême gauche réclame le droit de pouvoir défiler avec les drapeaux de son choix. Targé est en première ligne, il n'en finit pas d'éponger son front, son corps semble avoir une lourdeur de plomb dès qu'il monte en tribune. Lockroy observe l'ami de jeunesse dans ses habits ministériels, et il lui semble vraiment que tout le monde a grossi depuis que la République est installée, tout le monde sauf lui, sans qu'il sache si c'est bon signe ou pas.

Targé est rouge au visage, noir au costume, gris dans les mots. Lockroy voit des couleurs. Il voudrait le dessiner, elle lui est restée sa passion des croquis, même s'il ne s'y adonne plus que chez lui le soir. Au Proche-Orient lorsqu'il crayonnait pour les missions scientifiques, il trouvait que le moindre berger avait l'air biblique, ici le moindre membre de gouvernement a l'air d'exploser ses boutonnières. Il écoute et dévisage l'ami devenu ministre, il constate les dégâts du costume. Donnez-leur du pouvoir et vous les connaîtrez vraiment.

— Je couvre les agents de police ! s'écrie le ministre.

Il assume toute la responsabilité de ce qui s'est passé dimanche au Père-Lachaise, il y voit l'œuvre du petit nombre parmi le petit nombre, la main de la Prusse et des socialistes allemands, il fustige le chiffon rouge, et compte bien veiller de la même manière sur les funérailles du grand poète. Applaudissements à droite et au centre. Il descend de la tribune mais soudain s'effondre, s'affale sur les marches. Les huissiers se précipitent, desserrent le nœud de sa cravate, le soulèvent et l'entraînent dans un bureau. On craint une crise d'apoplexie. Et déjà la rumeur se charge d'évoquer sa démission imminente, le nom de son successeur, l'alcool qui le tue à petit feu, ou la simulation car mieux vaut partir pour raisons de santé que pour s'être laissé déborder par les anarchistes au Père-Lachaise. La tension est tombée en même temps que le ministre. La droite finit par lui rendre hommage, comme à sa défense du drapeau national. La séance est levée. On apprend que Targé s'est déjà ressaisi.

Lockroy rejoint son bureau. Son secrétaire, Georges, qu'il a recruté parce qu'il sait par cœur des centaines de vers romantiques et reste jovial en toutes circonstances, lui montre une pile impressionnante de lettres, avec un léger sourire. Il arrive ici autant de courrier qu'à la maison. Lockroy en saisit une au-dessus de la pile. « Citoyen Lockroy, nous avons trouvé en Victor Hugo le défenseur le plus acharné de notre cause, nous croirions manquer à notre devoir, nous ex-déportés, si nous ne rendions pas un hommage à l'homme illustre qui qualifia la déportation de guillotine sèche. Veuillez je vous prie me faire savoir à quelle place doivent se trouver les amnistiés qui veulent suivre le cortège... » C'est signé d'un certain Charlet, ancien déporté de Nouvelle-Calédonie devenu parfumeur. Sa lettre porte l'en-tête de sa boutique, Au génie botanique, qui promet eau et pommade contre la chute de cheveux, savon liquide de glycérine rendant aux mains une couleur lactée.

— Il y a ça aussi, dit Georges en tendant un télégramme.

« Mon cher Lockroy, l'École d'anthropologie m'a chargé auprès de vous d'une mission pénible dont je crois devoir m'acquitter, persuadé que la famille, les amis de Victor Hugo et vous la prendrez en sérieuse considération. C'est la demande pour l'école, dans l'intérêt de la postérité, du cerveau de Victor Hugo... »

— Réponds à Charlet qu'il y aura bien une place pour lui et ses camarades. Et ajoute que j'en réponds.

Il sent bien que le parfumeur et ses amis voudront brandir un drapeau qui n'est pas du goût du gouvernement. Il quitte l'Assemblée en apprenant que Targé est allé se reposer chez sa fille tout près d'ici, rue de l'Université. Bonne nouvelle s'il va mieux, car Lockroy doit lui répondre et cogner. Il opte pour l'omnibus attelé et ses bancs sur le toit. Prendre un fiacre serait plus rapide, mais il aime grimper là-haut, sentir l'air, la lumière, le ciel, enjamber la Seine, écouter bavarder ceux qui montent et ceux qui descendent, les cris des vendeurs de journaux, « Satan triomphe ! » annoncent les catholiques puisque le Panthéon va accueillir Hugo. Lockroy songe à Targé, aux amitiés, les siennes sont toutes politiques, il n'y a que ça dans sa vie, alors forcément certaines ne durent pas. Il pense aux mots qu'il va écrire, à ce qui est légitime et ce qui est légal. Il approche enfin du *Rappel*, refuge des véritables amis du poète.

Il trouve Vacquerie et Meurice face à face dans le bureau du premier, jumeaux en amitié, qui ne laissent rien transparaître, mais qui sont comme deux amputés, deux hommes au cœur brisé. Ils ont connu l'absence d'Hugo déjà, mais c'était l'exil, l'océan à traverser, le combat, pas la mort. Vacquerie l'avait rejoint, Meurice protégeait ici son œuvre. Et ils étaient jeunes encore.

— Que comprendra-t-elle ? soupire Vacquerie.

Lockroy devine qu'il est question d'Adèle. Meurice lui tend *Le Figaro* et lui indique un très court article. Le journal écrit que la malheureuse ne saura jamais que son père est mort, puisqu'elle a perdu la raison, il raconte surtout que cette Mme Rivet qui tient l'institution a cru devoir cacher à la pauvre fille la maladie de son père et lui laissera croire qu'il est toujours vivant. Lockroy écarquille les yeux en lisant les élucubrations du journal : « Quand Mlle Hugo demandera pourquoi elle ne le voit plus, Mme Rivet répondra : "Il est encore venu hier. Il est tellement occupé qu'il ne peut faire le même voyage tous les jours." » Comme si Adèle ne distinguait plus hier de demain, comme si on l'avait depuis longtemps abandonnée, et que personne chez Hugo n'allait venir la voir et lui dire : « Ton père est mort. » C'est à Vacquerie de le faire. Il a désormais charge d'elle, il est son tuteur, Victor Hugo le lui avait demandé. Car s'ils étaient tous deux unis par les mêmes enthousiasmes, les mêmes espérances, ils l'étaient surtout par les mêmes douleurs, les mêmes deuils, ils étaient enchaînés par la même image, deux fantômes, Charles Vacquerie son frère serrant dans ses bras Léopoldine et préférant sombrer avec elle dans le fleuve plutôt que de la perdre. *Sois le frère de mes fils*, avait alors écrit le poète à Vacquerie. Et c'est avec ses fils qu'il créa ce journal. Mais ses fils sont morts à leur tour, reste Adèle. Il doit aller au bout du lien, de sa promesse.

— Tu as le temps, lui conseille Meurice. Laisse passer les obsèques. Elle n'en sera pas de toute façon, tu iras plus tard. Elle ne lit pas la presse.

Vacquerie est effrayé à la perspective de revoir Adèle, devenue vieille et folle. Elle est gravée en lui, belle et jeune, sous la forme d'une blessure, d'un immense regret. Il l'aima, comme il aima tout ce qui se rattachait au poète, sa femme, ses fils, ses filles, il l'embrassa dans les jardins de sa maison de Villequier, courut avec elle et ses frères sur les plages de Guernesey, la rumeur les fiança, il espérait, attendait, agrippait son bonheur à la cadette, au poète, Auguste épousant Adèle vengerait Charles mourant avec Léopoldine. Mais Adèle ne voulait pas d'une vie écrite d'avance et par d'autres, elle l'aima un peu puis la passion pour un officier l'emporta loin, détruisit sa vie et sa raison. Elle revint folle. Vacquerie ne se maria jamais.

Lockroy l'observe en coin, qui tremble, lui si prompt à combattre tous les gouvernements, à risquer la prison demain s'il le faut. Il méprise ces vautours de la presse qui se sont précipités vers l'asile, où il n'a jamais voulu aller. Comme il a l'air seul. On dirait un homme d'Église, ça arrive même aux athées, on dirait un pasteur dont le Dieu est Hugo. Certains milieux à Paris ont souvent ri de lui, de sa prose, l'ont accusé d'être une pâle imitation de son grand ami, un critique écrivit même qu'il était un nain singeant Victor Hugo de son mauvais côté. À tout cela, il n'a toujours répondu que par un sourire et un haussement d'épaules incompréhensibles aux cyniques et aux vaniteux. Il a été heureux de cette sincère, profonde et inéquitable union, de cette ombre portée sur sa vie. C'est maintenant qu'il se sent tout petit.

La mort du poète semble avoir déposé dans cette pièce toutes ses archives. Et Vacquerie, Meurice, Lockroy en font partie, ils ont fait allégeance, il y a longtemps. Lockroy plus jeune, plus apte à s'envoler encore, n'a jamais voulu quitter ce journal même quand on lui a offert de doubler son salaire ailleurs, même quand le poète le tenait à froide distance à la maison. Il s'est toujours senti bien là, avec ces deux hommes qui depuis des décennies s'insurgent dans les journaux et rangent dans leurs tiroirs des drames en cours d'écriture qu'ils feront jouer au théâtre. Ils sont de vieux romantiques, des poètes doublés de combattants, de doux enragés qui ne troqueront rien de leurs convictions, ne courent pas après l'argent, les mandats et les décorations.

— Alors, député ? lui demande Vacquerie comme pour changer de sujet.

— Targé a vanté l'attitude de la police dimanche au Père-Lachaise et puis il a fait un malaise en tribune.

— Lui-même ne croit pas à ce qu'il dit, ricane Meurice.

— Je crains que si. Je vais écrire quelque chose sur les bannières, il faut répondre.

— Tu as tes deux colonnes et plus beaucoup de temps, lui dit Vacquerie.

Lockroy s'en va vers son bureau, s'installe, prend sa plume. Les mots ne tardent pas à venir, ils étaient quelque part en travers de sa gorge, depuis deux bonnes heures. « Il y aura aux obsèques de Victor Hugo des bannières de toutes nuances. On ne doit pas s'attendre, par exemple, à ce que ceux à qui, en Belgique, le poète a ouvert sa maison ; à ce que ceux pour qui il a demandé l'amnistie ; à ce que les républicains de toutes nuances renoncent à lui rendre hommage ; à ce que les déshérités, les malheureux, les misérables, dont il a été pendant sa vie le défenseur infatigable et l'avocat immortel, oublient de l'accompagner au Panthéon. Les pauvres ne pratiquent pas la politique de l'ingratitude, bien au contraire, et les couleurs qu'ils choisissent pour témoigner leur gratitude ne se trouvent malheureusement pas toujours sur la palette officielle. » Puis il rappelle qu'aucune loi ne permet d'interdire le drapeau rouge. Il fait relire à Vacquerie. Le rédacteur en chef hoche de la tête en signe d'approbation. Il pourrait, vu son âge et sa situation, se satisfaire de la pompe et du grand hommage qui sera rendu à son héros, c'est d'ailleurs à ce titre qu'il a été nommé au sein de la commission chargée d'organiser les funérailles. Mais non, il voudrait bien voir le drapeau rouge des communards aux obsèques de l'ami. Il ne croit pas au Grand Soir, il y a derrière lui trop de défaites, de sang et de deuils, mais il reste plume radicale, éclairante, il croit au temps, aux gens, aux rêves, à l'écriture et à la politique.

— C'est parfait, dit-il.

Pas une phrase n'est envoyée à la composition que Vacquerie n'ait lue. Il arrive le premier et repart le dernier. Personne ne l'attend. Il loge parfois un neveu et une nièce dans sa maison. Mais il boucle chaque soir l'édition du lendemain.

— Je ne sais pas si ça servira à grand-chose, soupire Lockroy. Ils font mine d'écouter la famille mais les quelques vœux que nous avons émis n'ont pas été retenus.

— Et moi, je ne pèse rien au sein de leur fichue commission. Je ne suis que le vieil ami. L'alibi. Tout est verrouillé par Turquet et son ministère des Beaux-Arts. L'émotion populaire est l'affaire du gouvernement, grogne Vacquerie.

Elle vient de déborder, l'émotion populaire, à l'heure où il parle. D'une goutte, d'une seule, juste devant chez le poète, là où Féger a déployé tout son zèle, tous ses hommes. On vient d'écrire sur le registre un slogan en faveur de la Commune. Alors c'est l'emballement. Immédiatement l'officier sur place se fend d'un rapport à Féger. Lequel commet une dépêche. « Vers cinq heures, on a remarqué, écrits sur l'un des registres déposés devant la porte, les mots suivants : "Le cadavre est à terre mais l'idée est debout. Vive la Commune." Signé : Ch. Chauvet. À huit heures du soir, on ne remarquait plus que quelques curieux aux abords de la maison mortuaire. Féger. Tranquillité parfaite. »

C'est l'heure de gloire pour le chef de brigade. Son rapport circule vite, il arrive sur le bureau du préfet de police Gragnon, qui exige des informations sur ce Chauvet. Les voici : c'est un architecte dessinateur qui faisait partie de la manifestation dimanche au Père-Lachaise, il y a été arrêté pour port d'arme prohibée, il est actuellement en liberté provisoire. C'est bien la preuve de la contagion qui menace. La preuve aussi du flair de la police. Gragnon fait un rapport à Targé.

Alors la sentence ne tarde pas. Une information encore non officielle circule via un télégramme du ministère des Postes. Le cortège de Victor Hugo ne passera pas par les boulevards, ne frôlera pas la place de la République, il restera rive gauche, rive sage, se rendra par la place de la Concorde au Panthéon où il sera inhumé. La raison du changement d'itinéraire est écrite, c'est une mesure de précaution prise par le gouvernement qui redoute de ne pouvoir réprimer les émeutes sur les grands boulevards, tandis qu'on peut déployer des troupes considérables sur la place de la Concorde et au besoin couper le convoi. Ce renseignement est certain et inédit, dit le télégramme.

« Monsieur Laucroy, Député, nous venons d'apprendre à l'instant par les journaux que le gouvernement a décidé de faire les obsèques de notre grand poète Monsieur Victor Hugo, lundi premier juin à onze heures. Nous aurions voulu rendre les derniers hommages à celui que nous appelions notre Père à tous. Les maisons auxquelles nous appartenons ne pouvant pas laisser tous les personnels s'absenter, nous nous voyons contraints de ne pouvoir assister aux funérailles de l'homme qui fut l'ami de tous. Nous venons vous demander au nom de tous, si comme parent de notre cher défunt, vous ne pourriez pas user de vos droits, en demandant au gouvernement que les funérailles se fassent dimanche, alors nous pourrions assister aux funérailles du grand poète.

Les employés des quartiers du Faubourg-Saint-Denis et Saint-Vincent-de-Paul. »

Lockroy garde un moment les yeux sur cette lettre. La faute à son nom le fait sourire. Il les imagine écrivant ensemble après le travail, au bistrot des habitudes. Ils se sont penchés à quelques-uns au-dessus de cette feuille bleu pâle aux lignes déjà imprimées, ils ont cherché les mots, timidement, pas très habiles avec eux, peut-être les avaient-ils tournés dans leur tête toute la journée, car la décision du gouvernement était connue dès le matin, ce sera lundi et ce ne sera pas un jour férié.

Ils se sont dit : C'est le député et il est de la famille. De la famille, s'ils savaient... Puis il les imagine qui rentrent chez eux en comptant sur lui. Il y pense même avec un certain orgueil. Il finit par poser la lettre au-dessus des autres, toutes celles qui lui arrivent depuis l'annonce de la date et de l'itinéraire des funérailles. Leurs mots se superposent, se lient les uns aux autres, se liguent contre les choix du gouvernement en une longue chaîne furieuse.

« Citoyen, électeur de votre arrondissement, j'ose vous soumettre mon idée et vous apporter l'humble hommage d'un ouvrier artiste à la mémoire du Maître : pas de chevaux, pas de chars, des bras d'hommes... »

« Monsieur, le vœu de tous les habitants de la rive droite est de voir l'enterrement du regretté et vénéré Maître pour lui dire en passant un dernier adieu. Pourquoi ne pas lui faire suivre tous les boulevards ? Il appartient à tout Paris de pouvoir saluer une dernière fois Victor Hugo... »

« Monsieur, les funérailles ne devraient-elles pas avoir lieu un dimanche pour que tous puissent les suivre ? Si elles ont lieu un dimanche, tout Paris (moins les cléricaux) se fera un devoir d'y venir... »

La pile grossit. Elle rend plus glaçante encore la décision du gouvernement, plus clairs ses motifs, plus grande la ferveur des quartiers populaires.

« Faites un détour ! C'est la sympathie publique qui lui fera plaisir. Des petits surtout qui abandonneront leurs intérêts pour le voir et lui dire adieu. Faites un détour ! Mettez-nous à même de lui prouver notre amour. Vous allez faire passer le corps de Victor Hugo par le faubourg Saint-Germain !!!! Où les richards qui habitent le boulevard de ce nom lui ont tous montré peu de sympathie. Y aura-t-il un seul drapeau à leurs fenêtres ? C'est chez les travailleurs qu'il trouvera une manifestation digne de lui. Annoncez-le bien vite, faites rectifier immédiatement, que nous ayons le temps tous de pavoiser sur le parcours ! Nous demandons humblement la préférence sur ceux qui lui ont fait du mal et qui l'ont exilé. » Celle-ci est sur papier bleu également.

Lockroy se laisse aller contre le dossier de sa chaise. Il a frappé à toutes les portes, il a écrit, sur tous les tons, du plus courtois au plus sec, y compris au président du Conseil pour lui rappeler comme sa voix tremblait il y a quelques jours devant la Chambre, lorsqu'il évoquait les petits et les humbles vénérant le poète. Il y a sur son bureau bien d'autres lettres qui forment une pile plus grosse encore. Ceux qui les ont écrites n'ont rien à redire à l'organisation, mais ils voudraient bien une invitation, une bonne place au protocole des obsèques. Ils rêvent de cette petite enveloppe blanche cernée de noir, avec à l'intérieur un carton identique portant la mention « La famille de Victor Hugo ». Ils voudraient bien deux places sur les marches de l'Assemblée pour saluer le grand Maître, ou bien un simple mot, « Au nom de celui que vous pleurez », écrivent-ils, un simple mot qui leur garantisse une place, « non dans la foule mais à une place à laquelle je puis avoir droit », précisent-ils, une place auprès de la famille dont ils ne sont pas, « tout cela au nom d'aucune députation, sinon celle de la douleur »...

Comme ils écrivent bien, comme ils ont du style ces bourgeois régnants qui veulent simplement vérifier leur rang le jour des funérailles. Ils lui donnent du « Mon cher Lockroy », quand les autres, ceux qui se contenteraient d'un bout de trottoir, savent à peine écrire son nom.

Étrange moment suspendu. La foule compacte devant la maison, le cadavre encore dans sa chambre, les deux piles de lettres sur le bureau comme dans une balance qui penche toujours du même côté, et Lockroy au milieu sans pouvoirs réels, sans attaches reconnues, si ce n'est l'Histoire, les événements qui l'ont porté. Il écrit « Fait » dans la marge d'une lettre d'un certain Massarani, délégué par la Société des auteurs italiens pour la représenter aux funérailles du grand Maître. Celui-là aura son carton portant invitation de la famille de Victor Hugo. À cause de l'Italie. Elle fut le premier champ de bataille de Lockroy, il partit pour la Sicile rejoindre Garibaldi, il était jeune, il avait des convictions fermes, de vagues plans d'existence, il risquait la mort. Il voudrait ne pas avoir changé. Ne jamais oublier quelle pile de lettres est plus importante que l'autre, ne pas laisser s'inverser les mots, le plan de carrière l'emporter sur les convictions, c'est ainsi que vieillissent prématurément les hommes politiques, l'idée mollit, comme tout le reste.

Il regarde sa plume qui tremble sans raison au bout de son bras. Il serait si simple de laisser tout cela aux soins de son secrétaire et de quelques formules polies, si simple d'éteindre la lampe, de rejoindre Alice, de songer à leur vie sans tutelle, de laisser l'avenir disperser les cendres et les rêves du poète. Mais ce ne serait pas lui.

Il y a dix ans déjà, Lockroy avait fait écrire sur ses professions de foi de candidat à la députation de Paris : « Trente-sept ans seulement quoiqu'il en paraisse davantage. C'est qu'à cet âge, Édouard Lockroy a déjà connu toutes les agitations de la vie. » Toutes. Il en paie le prix. Sa peau se parchemine comme un vieux livre. Mais en dessous l'idée bat, fidèle au père qui l'envoya au-devant d'un condamné en fuite, et qui vit toujours, cultivant avec amour poires et pommes en espaliers malgré ses rhumatismes. Fidèle aussi à l'ami de ce père, Alexandre Dumas, qui le regardait dessiner en disant : « Mon enfant, quitte le pinceau et la palette pour la plume et l'encrier, tu feras mieux et tu iras plus loin, tu as des idées. » Des idées, oui. C'est quelque chose les idées, elles sont ses frontières, son pays, elles musclent son corps, son pas et son visage trop mince. Elles l'ont lié à Hugo. Elles ont besoin d'hommes pour souffler sur les braises. Il saisit à nouveau la lettre bleue, la relit et note en haut à gauche ses instructions à Georges, son secrétaire.

« Répondre par télégramme : "Merci. Ai fait tous les efforts pour que dimanche. Espère encore." »

Mais déjà sur les belles avenues de Paris, bordées d'hôtels aristocratiques, on se prépare pour lundi. Balcons, fenêtres, vitrines, tout peut devenir loge du grand spectacle funèbre. Les petites annonces fleurissent dans les journaux entre les publicités pour le biberon Darbo et le chocolat hygiénique. Les hommes-sandwichs arpentent les rues. Obsèques de Victor Hugo, Places et fenêtres à louer sur le parcours du cortège. S'adresser à la Cote des locations. 15 rue de Mazagran. De neuf heures du matin à huit heures du soir jusqu'à dimanche midi. Trois places de balcon, premier rang sur le devant. Chambre numéro 7 boulevard Saint-Michel. Entrée 2 rue Racine. 45 francs. Les magasins installés sur le cortège fermeront ce jour-là, mais ils comptent tout de même remplir le tiroir-caisse, en vidant la vitrine et en y installant des gradins. Ils affichent le tarif, ce sera 20 francs la place sur le boulevard Saint-Michel, moins cher qu'un balcon, les prix montent avec les étages.

Et l'on murmure que les anarchistes avaient l'intention de jeter de la dynamite du toit d'une maison du boulevard Beaumarchais, mais que le changement d'itinéraire leur a fait modifier leur plan et qu'ils ne trouvent pas boulevard Saint-Germain de maison à leur convenance. Et l'on envoie les cartons officiels, roses pour les députés et leurs familles qui iront s'asseoir sur les colonnades en face du pont de la Concorde, blancs, octogonaux avec un cadre noir pour les commissaires qui eux ne sont pas invités mais réquisitionnés. Les laissez-passer pour l'esplanade de l'Arc de triomphe circulent aussi, assortis d'instructions, il faudra y être avant dix heures trente, habits noirs, cravate blanche et insignes. Et l'on va chercher ses feuilles d'adhésion à la préfecture pour figurer parmi l'une des vingt et une sociétés du cortège. Le onzième groupe est toujours sous surveillance, c'est là d'après la police que vont se retrouver tous les exaltés, on dit qu'ils prennent autant de feuilles que possible.

Tout au bout du parcours, l'église Sainte-Geneviève est devenue Panthéon. Les dernières messes ont été dites la veille, puis l'abbé a remis les clés au directeur des travaux de la Ville de Paris. Les gestes étaient raides de part et d'autre, on eût dit un jour d'armistice. Le vainqueur a aussitôt pris possession des lieux, sous les acclamations d'une foule qui s'est engouffrée sous les voûtes, on en vit quelques-uns monter à la chaire, d'autres se bécoter dans le confessionnal, certains cracher dans les bénitiers. Ce fut un grand moment d'impiété collective. Bien sûr la mort continuera de les hanter, sûrement même le souffle d'un Dieu installé dans les têtes depuis trop longtemps pour disparaître d'un seul coup. Mais la joie d'abattre et de cracher était la plus forte. Le sacré se démontait si vite, on voyait entrer et sortir les employés des pompes funèbres transportant tabernacle, calice, ostensoir, encensoir, bénitier, goupillon, missels et linges bénis. Les objets du culte s'en allaient probablement dans une autre église, et bientôt la foule chanterait : « Saint' Geneviève vas-tu fiche le camp, ou sans ç'la j'te flanque ma botte dans le derrière, Saint' Geneviève vas-tu fiche le camp, ou sans ç'la j'te flanque quelqu'chose par-devant. » Le refrain n'est pas encore né, il germe dans la tête d'un chansonnier qui cherche de nouvelles paroles pour lundi, car ce sera lundi, on chantera, on chassera Dieu de là, on y installera le poète. Que deviendra-t-il une fois à l'intérieur, sera-t-il un fantôme ? Fera-t-il comme Dieu qui surveille et punit, si les hommes oublient ce qu'il leur a appris ? On n'y pensait pas, on prenait du plaisir. Puis les portes se sont refermées.

Aujourd'hui elles le sont encore. Seule reste la croix au fronton de l'église. Demain ils l'enlèveront. On vient devant la bâtisse en fin d'après-midi, on traîne, une cinquantaine d'individus que l'agent en faction décrit comme paraissant appartenir pour la plupart à la classe ouvrière. Ils sont par groupe, venus voir après le travail, ils discutent de la désaffectation et blasphèment tranquillement. Parmi eux ceux du faubourg Saint-Denis, Gustave, Pierre et Achille qui ne sont pas mécontents d'avoir écrit au député Lockroy, mais qui se doutent bien qu'il ne fera pas de miracle. Ils lèvent la tête vers la croix, pas celle du fronton, celle qui est plus haut encore sur le dôme.

— Combien que ça pèse d'après toi un truc comme ça ? demande Gustave.

— Ça doit aller dans les cinq cents kilos, répond Achille.

— Les pachas ramollis du gouvernement, ils disent mille cinq cents, que c'est impossible de l'enlever avant lundi.

— Mensonge ! Pas plus de cinq cents kilos !

— Si le gouvernement n'est pas de force à descendre un poids pareil, nous autres on peut leur proposer de se charger de la besogne et sans gâter le monument ! rigole Pierre.

— Pour le prix on demandera peu de chose, le droit d'être là, ricane Achille.

Ils rigolent, trois corps pas faits pareil, mais d'une même tension, puis ils suivent des yeux les ouvriers de la compagnie du gaz qui se baladent le long de la façade, préparent l'éclairage, pensent à tous les flambeaux qu'il faudra illuminer le grand jour venu. Et sans se le dire, Gustave, Pierre et Achille, liés par l'usine et les outils, sont jaloux de ceux qui travaillent pour la compagnie du gaz et vont illuminer les obsèques du poète.

Ils devraient rentrer mais ils s'attardent sur la place au pied du monument, loin de chez eux, comme beaucoup d'autres venus voir une église nue qui ne leur dictera plus rien. Arrive un homme bien mis, coiffé d'un chapeau haut de forme, qui déplore à voix haute la désaffectation et soutient clairement le clergé. La foule tout de suite l'encercle, le hue et grossit vite. Bientôt des gamins s'en mêlent et commencent à bousculer le provocateur.

Il les repousse si violemment que ça dégénère, coups de canne et de parapluie pleuvent sur l'ami du clergé, mais il est fort, se défend bien, attrape un gars par le col et le jette à terre. Ceux de Strasbourg-Saint-Denis jouent des coudes et foncent dans la mêlée. Achille envoie son poing en pleine figure du réactionnaire, un poing qui semble dire : J'y serai pas lundi, mais ce soir je suis là. La police finit par intervenir, elle disperse la foule, embarque l'ami du clergé au commissariat du quartier de la Sorbonne sans qu'on sache s'il est coupable ou victime, deux personnes suivent qui voudraient témoigner en sa faveur et désigner quelques cogneurs sur la place. Les gars de Strasbourg-Saint-Denis se disent qu'il est temps de s'éclipser. Il est huit heures du soir déjà, le ciel printanier tourne rose tendre quand ils rejoignent leur quartier. Des affiches fraîches ont été placardées sur les murs, qui annoncent pour demain un grand meeting d'indignation salle Molière, rue Saint-Martin, 159. Entrée 30 centimes pour les frais de la salle et de la propagande révolutionnaire. Tous les socialistes à quelque école qu'ils appartiennent sont invités à cette réunion. Au programme, entre autres : la République bourgeoise se faisant l'assassin des travailleurs. Les massacres du Père-Lachaise. L'attitude des anarchistes aux obsèques de Victor Hugo.

Lockroy s'est rendu place Beauvau. Targé a bien voulu le recevoir rapidement. Il est au repos mais puisque la rumeur circule qu'il va démissionner, il est cloué à son poste. Il lève les yeux au ciel quand il comprend de quoi il s'agit.

— Édouard, qu'importe lundi ou dimanche, ce sera grandiose !

— Les ouvriers n'y seront pas.

— Garnier me dit que les travaux de l'Arc de triomphe ne seront jamais finis pour dimanche.

— Alors gardons lundi, mais décrétez-le férié !

— Écoute, les rapports du préfet de police sont clairs, les anarchistes s'organisent partout, mieux vaut être prudents.

— Je ne te parle pas des anarchistes. Juste de tous ces gens qui travaillent, ils m'écrivent, se plaignent de ne pas pouvoir être là.

— Tu sais bien qui les manipule, les chambres syndicales sont truffées d'anars.

— Je sais aussi qui te manipule ! La préfecture de police veut les pleins pouvoirs ! Je te rappelle que c'est elle qui a créé le premier journal anarchiste à Paris il y a cinq ans, ne me dis pas le contraire, c'est un secret de polichinelle ! Les flics ont besoin de faire monter le danger, le Grand Soir des anarchistes ! Laissons-les tranquilles, ils ne sont pas si nombreux dans leurs réunions.

— Lis ! réplique Targé en lui tendant quelques rapports frais qui traînent sur son bureau.

Le premier vient d'Allemagne, c'est la traduction d'un journal socialiste. Lockroy lit vite et en diagonale, il attrape des mots, des bribes de phrases. Les Allemands dressent le portrait d'un Hugo dénonçant l'esclavage, la barbarie des temps modernes, rêvant comme personne avant lui des États-Unis d'Europe, recevant dans sa maison de Bruxelles les fugitifs de la Commune, défendant seul au Sénat l'amnistie pour les communards. « Honte pour la bourgeoisie française ! conclut l'article, Victor Hugo ne pensait pas autrement qu'un socialiste. Nous autres prolétaires, nous comptons donc le grand défunt comme l'un des nôtres. »

— Je pourrais le signer cet article. Je vais peut-être finir socialiste à ce compte-là, moi aussi, ricane Lockroy.

— Tu finiras ministre, plutôt ! Et tu verras, tu parleras autrement, riposte Targé qui ne tient pas en place.

Il marche en décrivant des cercles dans la pièce.

— Vous avez vraiment peur d'eux..., lâche Lockroy.

— Des anarchistes ?

— Non, je te parle du peuple ! Beaucoup de pauvres viendront, on ne peut pas l'empêcher, et parmi eux doivent figurer tous les proscrits ! Ceux à qui l'on n'a pas réservé de place sont ceux qui devraient figurer en tête du cortège ! Grandiose, dis-tu ? Le gouvernement veut bien que sa mort fasse du bruit, mais à condition que ça lui profite.

— Je t'ai connu moins idolâtre du beau-père, lui lance Targé d'un regard perçant.

Lockroy ne répond pas. C'est bas et ce n'est pas le sujet. Il a la lettre bleue dans sa poche, mais ne la sort pas. C'est inutile. Son ami passe ses journées penché sur des rapports de police comptant les rangs des séditieux et ses propres bataillons d'espions. Se souvient-il seulement comme, ensemble, ils ont aimé la controverse politique, comme ils ont figuré en leur temps dans les rapports des mouchards de l'Empire ? Se souvient-il des réunions hebdomadaires à Paris, ils étaient tous deux conseillers municipaux, Targé, passionné de la capitale, déclarait que le gouvernement se souciait comme d'une guigne d'améliorer pratiquement le sort, la vie et le logement des classes laborieuses ? Se souvient-il ou bien finit-on sans mémoire et plein de grands airs quand on change de rang ? Lockroy le revoit à ses côtés, lors de ce duel contre

Cassagnac il y a treize ans. Se souvient-il, Targé, du titre de l'article qui déclencha la fureur du bonapartiste ? *Mort aux pauvres,* il s'appelait. C'était un plaidoyer en faveur de la conscription nationale, un article pour que les fils de bonne famille fassent aussi la guerre quand elle arrive. Lockroy fait face à son ami de jeunesse devenu ministre de l'Intérieur dans du mobilier Empire.

— C'est notre jeunesse, nos combats passés qu'on enterre avec lui, François-Henri, dit Lockroy en reprenant son chapeau. Ce qui est en jeu, c'est ce que nous sommes en train de devenir. Si nous craignons les chambres syndicales pour lesquelles nous nous sommes tant battus, c'est que nous avons mal tourné !

Sur le chemin du retour lui reviennent ces lointaines années de combat côte à côte, les fous rires qui tempéraient leur gravité, les colères, les procès, les stratégies impossibles, lui reviennent ces surnoms dont ils affublaient Targé qui avait déjà cette drôle de façon de parler en décrivant des cercles, on l'appelait le Cheval de manège ou le Chien de tournebroche, lui reviennent les mots qui lui avaient valu son duel perdu et le soutien de Targé... « Une balle frappe un paysan ou un ouvrier, oh mon Dieu, elle ne fait que l'enlever au travail quotidien et à la misère. Elle lui épargne l'hôpital, ce n'est rien. Mais la balle qui frappe le conservateur tue ses projets de mandats fictifs et de virements de fonds, elle brise ses espérances de soupers fins, de bals costumés, de sauteries intimes, elle lui ravit les filles qu'il entretenait et fracasse les pâtés de foie gras qu'il espérait manger chez le duc, c'est un désastre... » Ils reviennent flous, ces mots de l'article. Et puis la date, 1er juin 1872. Un 1er juin comme les obsèques du poète. Mort aux pauvres.

Qu'ils restent loin du défilé, on pensera à eux, on ne parlera que d'eux en tribune, on prévoit vingt-neuf discours, et donc autant d'évocations des petits, des souffrants, des humbles et des misérables qui ne seront pas là. Qu'ils restent dans leurs fabriques.

Les tailleurs ne demandent d'ailleurs qu'à y retourner d'après les rapports du préfet de police que Targé lui a mis sous les yeux. Ils n'ont rien obtenu, des semaines qu'ils tiennent sans salaire, ils n'en peuvent plus, ils en ont assez de la grève, de leurs leaders, de Willems, de Duprat qui rêvent de révolution et s'en viennent jusqu'aux portes des ateliers leur demander de ne pas y retourner, de tenir au moins jusqu'aux obsèques du poète. Il a lu vite, Lockroy, les tailleurs à bout de souffle, les tourments du monde, la Bourse sous la plume sèche de la police : « Toutes les conversations ont roulé sur les funérailles de Victor Hugo. Bien que cette question n'ait aucun rapport avec les affaires financières, elle occupe assez les esprits pour porter un certain préjudice aux transactions. » Il a vu passer aussi une réunion des anciens proscrits de la Commune au Café Hollandais, leur exigence d'avoir une place dans le cortège, ce sympathique Lisbonne déclarant qu'il ne faut pas assister aux funérailles, puis finalement qui se laisse emporter par la salle et déclare qu'il faut que le drapeau rouge flotte aux obsèques de Victor Hugo. Il ne sait plus très bien quoi faire, Lisbonne. Ses hésitations finissent sur le bureau du ministre de l'Intérieur, et Lockroy y assiste, malgré lui, le temps de quelques paragraphes d'un mouchard. Étrange circulation des mots.

Il y repense tandis que la voiture approche de la maison, Hugo qui fait hésiter le révolutionnaire, car Hugo hésitait avec les révolutions. Lui-même n'est ni anarchiste ni socialiste, mais il se sent loin de son ami devenu ministre.

Encore la foule compacte sur l'avenue, qui défile, signe le registre et veille. Le poète va passer sa dernière nuit dans son lit. Lockroy descend de voiture, repère Féger devant la maison et s'avance vers lui.

— S'il vous plaît, faites en sorte que les voitures roulent au pas devant l'hôtel, elles vont trop vite, et il y a du monde.

Féger obtempère immédiatement, donne ordre à deux de ses hommes de ralentir la circulation en amont sur l'avenue. Le député rentre chez lui. À gauche le petit hôtel qu'occupait Victor Hugo, à droite, presque collée à lui, la maison où il vit avec Alice et les enfants. Il a toujours apprécié cette séparation, pouvoir être chez lui, pas sous le toit du grand homme. Ils se sont moins aimés, c'est vrai, à compter du jour où il a demandé la main d'Alice, ils se sont gênés, querelles d'hommes, c'est tout. Il prend à droite. De nouvelles lettres ont été déposées pour lui sur son bureau. Ces lettres, toutes ces lettres comme la bleue, encore dans sa poche, qui le font « parent » du poète.

« Monsieur, j'espérais que l'enterrement de Victor Hugo aurait lieu dimanche. Par les journaux d'hier j'apprends qu'il est fixé à lundi. Or je suis caissier dans une maison de commerce, c'est vous dire que mon emploi m'attache à mon guichet. Afin d'éviter ce fameux contretemps, ne pourriez-vous, Monsieur, proposer une loi déclarant le jour des funérailles fête légale ? La banque étant fermée, je pourrais, ainsi que mes collègues, me fondre dans le cortège de celui que nous pleurons. »

Le jour n'est pas encore levé. Il est cinq heures et quart du matin. La place est déserte. Tels des voleurs, cinq ouvriers de la Ville marchent sur le toit du Panthéon. Arrivés au bord du fronton, ils sortent leurs outils, deux d'entre eux se passent une corde autour de la taille, s'agenouillent, attrapent les scies qu'on leur tend, puis se penchent. On entend alors le crissement des métaux au-dessus des rues vides, les ouvriers tête en bas rognent les bras de la croix qui semble résister. Ce n'est pas la première fois qu'on s'en prend à elle. Elle revient toujours, passé l'orage. Mais cette fois c'est la descente définitive. Le gouvernement l'ordonne. Le geste des deux hommes est ferme, régulier comme un métronome, et doucement le bras droit d'abord, le gauche ensuite cèdent entre leurs mains. Ils se redressent, déposent leurs scies, empoignent leviers et pioches, et replongent aussitôt, toujours tenus par les trois autres. Les voilà qui enfoncent leurs outils dans la pierre, puis qui appuient sur le manche de tout leur poids, le haut d'abord pour empêcher la chute, le bas ensuite, ils arrachent le pied de la croix scellé dans la muraille. Le voilà. Ça n'a pas été long.

Les ouvriers se redressent, se passent la main sur le front, défont les cordes autour de leur taille, rassemblent les outils et les trois barres de fer, puis ils restent un long moment sur le toit, dans le bain du soleil qui se lève. Ils regardent la rue Soufflot plonger vers le jardin du Luxembourg, de grandes bandes de toile blanche flottent sur les immeubles, elles disent « Fenêtres à louer ». Celles-ci sont parmi les plus chères de la ville, plusieurs mois de salaire de ces ouvriers. Quelle importance ? Ils ont le beau rôle, la meilleure place, ils ne l'avouent pas mais chacun s'imagine un petit public qui en bas les applaudit, crie : « Vive la République ! », et dans ce public il y a quelques fantômes, de vieux parents morts, qui n'en croiraient pas leurs yeux que ça arrive enfin et que ce soit le gamin qui l'ait fait. Pour eux, ils voudraient brandir leurs trois barres de fer en signe de victoire. Mais hier soir, ça chauffait sur la place, et aujourd'hui, le congrès catholique réuni pour son assemblée générale annuelle va émettre au nom de la France tout entière une vive protestation contre la désaffectation de son église, alors on leur a donné instruction de venir très tôt, d'arracher la croix au petit matin sans regards ni acclamations. Ils sont seuls avec l'exploit. L'un d'eux sort de sa besace une bouteille de vin rouge, il avait prévu l'émotion, il ôte le bouchon et très vite le goulot passe de bouche en bouche, plusieurs fois. Ce n'est pas tous les jours qu'on change la face de son pays, voire du monde, enfin de ces choses qui commencent avant vous et se prolongent après vous. C'était bien plus que quelques coups de pioche tout à l'heure, c'était un tir de canon, mais sans bruit, et ils n'ont pas tremblé, pas hésité, ils n'ont pas eu peur de brûler en enfer, ils sont de bons républicains, ils surplombent Paris, son événement, le tombeau de Victor Hugo.

Six heures sonnent. Ils ont du mal à quitter le toit. Ils écoutent le bruit des sabots qui enfle doucement sur le pavé, voient venir les gaziers qui, du bout de leur baguette, coupent le gaz sous les réflecteurs blancs des réverbères. Il faut y aller. Ils regardent le dôme, il paraît proche vu d'ici, et la grande croix là-haut pas si imprenable, ils se la feraient bien, mais ils doivent la laisser, c'est la consigne, trop lourde a dit le gouvernement.

— Comme ça, si un roi revient, il pourra chasser Hugo et réinstaller le Saint-Esprit, ricane l'un d'eux.

Il crache ensuite en direction de la croix. Les autres l'imitent. Tous reprennent l'escalier, retournent parmi les hommes. Au fronton au-dessus de la grande porte, il reste trace de la sainte Trinité sur la pierre. Mais l'Église n'habite plus ici. Victor Hugo peut venir.

Gragnon tantôt roule délicatement les extrémités de sa moustache, tantôt se lisse la barbe, c'est un indice de satisfaction, à faire oublier qu'un demi-siècle plus tôt, le poil long était signe d'indépendance, d'esprit éclairé réservé aux révolutionnaires, aux peintres et aux artistes. Lui est préfet de police de Paris. Il est dans son bureau, il a devant lui une carte de la capitale, on y voit en noir le chemin du poète depuis son lit jusqu'au Panthéon, en bleu les positions des forces de l'ordre, en rouge, comme leur fichu drapeau, les lieux de rendez-vous, lundi matin, des exaltés anarchistes, syndicalistes et autres espèces socialistes. À tous ces points, les forces de l'ordre seront là avec instruction de confisquer les bannières interdites. L'union des tailleurs et coupeurs se regroupera à huit heures trente au 69 rue Montmartre, elle aura son drapeau et des semaines de grève derrière elle, les fumistes en bâtiment se réuniront au siège de la chambre syndicale à la même heure, les militants de 1871 font mine de tenir le lieu secret, mais vu que Lissagaray est à leur tête, il est probable qu'ils se retrouvent au siège du journal *La Bataille*, 8 rue du Faubourg-Montmartre. La Libre-pensée du 5ᵉ arrondissement a pris rendez-vous salle de l'Ermitage rue Jussieu, au 29, les anarchistes du même arrondissement, baptisés La Vengeance, ont opté pour neuf heures place Saint-Ferdinand, la rédaction du journal *Prolétariat* se retrouvera 58 rue Greneta. On signale également que les groupes Les Égaux, La Raison, Les Combattants de 1871 auront un drapeau troué de balles reçues en mai 1871 et portant ces mots, « À Victor Hugo la Commune reconnaissante », que les déportés proscrits en auront un autre, sur lequel sera inscrit le mot « Amnistie ». Qu'on les saisisse aussi, a décrété le préfet.

Il est debout devant l'immense carte, il voit l'ennemi très grand, ça le fait grand lui aussi. À peine deux mois qu'il est en poste. Il contemple les multiples taches rouges sur son royaume, il en ajoute au gré des rapports, il aime le faire lui-même, planter l'épingle, comme on porte un coup. Il en a une entre les mains, celle-là est pour la rue Saint-Maur, la chambre syndicale des fondeurs de cuivre a rendez-vous là.

Il aime ces matins où les rapports tombent comme les feuilles des arbres à l'automne. D'ordinaire, les commissaires se chargent d'en faire la synthèse, mais puisqu'il vient de prendre ses fonctions et qu'on s'apprête à vivre d'historiques funérailles, le préfet a demandé qu'on lui transmette directement tout ce qui s'y rapporte. Il aime les voir s'agiter sur la feuille volante, les proscrits, les révoltés, les voir prendre la parole, incendier le gouvernement sans penser que le préfet les écoute. Cette façon d'y être sans y être, de les posséder, de les miniaturiser, lui procure du frisson, il voit tout, entend tout. Hier salle Horel, rue du Maire, à la réunion des socialistes révolutionnaires, l'un a dit : « On y va tous avec nos drapeaux », l'autre a répondu : « C'est courir au massacre », le troisième ne voulait pas avoir l'air de reculer devant la police. Les ténors étaient là, mais divisés, sur Hugo ou sur les opportunités, il fut donc décidé de laisser l'autonomie à chacun des groupes. Ils n'en finissent pas de s'interroger, il n'était pas socialiste Hugo, oui mais toujours sur la brèche, il vivait en bourgeois, oui mais si soucieux des déshérités, il n'était pas une voix de l'insurrection de la Commune, oui mais il gronda pour sauver Louise Michel de la mort et pour qu'on les sorte tous du bagne, alors que faire ? Partout les mêmes questions, le même méli-mélo. Chez les libres-penseurs du 14e, l'un s'est déclaré grand admirateur du poète mais pas partisan du drapeau rouge dans le cortège.

— J'ai peur que le drapeau soit arraché par la masse et que la police soit obligée de nous protéger. Le lendemain on lirait dans les journaux que le peuple a fait justice et que la police a dû protéger les révolutionnaires contre l'indignation populaire.

— Alors vaut mieux rester chez soi les gars ! a lancé un autre.

Le préfet Gragnon ricane. Comme ils flottent tous, comme ils hésitent. Les groupes de Pantin, des Lilas, de Montreuil, de Saint-Denis, ceux des peintres en voiture, des tailleurs de pierre, menuisiers, tous anarchistes, se retrouveront ce soir Chez Edmond pour s'entendre sur les dispositions à prendre pour lundi. Il devrait comprendre, Gragnon, que le danger n'est pas si grand. Mais il ne veut rien voir. Sans péril anarchiste pas de grand préfet de police. Il replonge dans la littérature de ses mouchards, pages sans états d'âme qui laissent pourtant deviner le délateur modulant sa trahison. 4, décidément, le fatigue : il y a quelques jours déjà, il parlait des cléricaux infiltrés chez les anarchistes pour les pousser d'une manière occulte à l'émeute, et voilà qu'il recommence ! Il était la veille à une réunion d'anciens communards bouillants, prêts à l'affrontement, comme les aime Gragnon, persuadés que la police va les couper du cortège et les coincer contre les fortifications, mais il termine son rapport d'un commentaire apaisant : « Dans toutes ces menaces, on ne doit trouver rien de bien sérieux parce qu'il n'existe aucune union entre ces groupes révolutionnaires. Pour résister, il faudrait des chefs reconnus et de l'entente, ce qui n'a pas lieu. » Mais de quoi se mêle-t-il ? La préfecture ne lui demande pas son avis, elle aime ces débordements de la parole, ces pulsions sanguinaires, parfois même elles sont lancées par les indics eux-mêmes, qui doivent bien justifier leur emploi. La chasse aux anarchistes est un jeu étrange qui consiste à les faire plus nombreux et plus dangereux qu'ils ne le sont. Il faut que ça déborde, donner un coup de pouce aux événements pour justifier les pouvoirs et les moyens que demande la police. Ce ne sont pas les colères de l'évêque de Paris furieux à l'idée de rendre les clés de l'église Sainte-Geneviève, les souscriptions des communards restés à Bruxelles ou bien les hésitations de Lisbonne qui a encore changé d'avis, puisqu'il écrit ce matin dans son journal qu'il n'assistera pas platoniquement aux funérailles et engage les vrais révolutionnaires à ne pas se disperser dans une foule hostile au drapeau rouge, qui vont affoler le gouvernement ! Il faut davantage. Des rapports, encore des rapports, des mouchards partout, 23, 21, 25, 4, 30... Il y a beaucoup de casseroles chez les anarchistes, ils ne sont pas difficiles à recruter, un peu d'argent et de considération sur la table suffisent. 4 est facile à remplacer. Gragnon tourne la page. 23 maintenant. Grimace du préfet. 23 a été recruté il n'y a pas longtemps. Il travaille pour *L'Ami du peuple*, bénévolement comme les autres. C'est un gars sans grande carrure ni talent, mais c'était un anarchiste convaincu, s'il avait su manier le verbe et monter en tribune, il se serait contenté des applaudissements et ne serait pas devenu un agent de la préfecture. Un jour, Lisbonne l'a un peu trop secoué, il n'a pas fallu beaucoup de temps ensuite pour le retourner. Mais il est comme 4, il prend des gants. Son rapport commence plutôt bien : « Les anarchistes se proposent de faire une manifestation violente à l'enterrement de Victor Hugo. Ils sont disposés à s'y rendre armés. Mandonnet qui demeure rue des Gardes a même parlé de bombes de dynamite. Ce dire peut être le résultat d'une profonde exaltation mais on doit le signaler. » Et voilà ! 23 semble gêné, il doit connaître ce Mandonnet dont il donne l'adresse, alors il le balance mais en douceur. Qu'il oublie ses scrupules ! Gragnon secoue la tête et passe à la page suivante dans un soupir d'exaspération. 30. Lui, c'est le bon élément. Le mouchard comme on l'aime dans la police. Il fraie avec Lissagaray et ceux de *La Bataille* qui manifestement n'ont rien vu de son double jeu. Gragnon parcourt sa page blanche et son écriture soignée. « Il est probable que s'il y a émeute, les socialistes tâcheront de s'emparer des personnalités du camp opposé qui se trouveront dans le cortège pour en faire des otages. Dans tous les cas, les groupes s'agitent beaucoup. Certains n'excluent pas des défections dans l'armée qui tourneraient à l'avantage des révolutionnaires. Il y a lieu aussi de compter sur les entreprises individuelles de certains anarchistes, entre autres Digeon et Willems, qui doivent louer une fenêtre sur le parcours dans le but de jeter des projectiles au milieu de la foule ; mais je ne les considère que comme des vantards. *30.* » Parfait, à part le dernier commentaire. Des otages. Voilà ! Il faut la menace qui monte, l'émeute qui vient, le peuple telle une hydre aux bouches affamées, la nuit qui déborde sur le jour, et alors Gragnon se sent pousser des ailes et des médailles, il devient le grand chef des funérailles puisque le ministre s'est effondré. Il entend déjà les tambours. Tous ces exaltés n'auront pas le temps de déplier leur drapeau. Il voit déjà le défilé qui avance, en bon ordre, il le connaît par cœur, d'abord le gouverneur de Paris et son état-major, ensuite un escadron de la garde municipale et un régiment de cuirassiers, après onze chars à quatre et six chevaux, ensuite le corbillard... Et doucement la carte de Gragnon semble s'animer, le bleu submerger le rouge. Voilà l'infanterie ! Cent cinquante hommes place de l'Étoile, cinquante au rond-point des Champs-Élysées, deux cents place de la Concorde, cent boulevard Saint-Germain au croisement avec la rue de Rennes, quatre-vingt-six au croisement de Saint-Germain et Saint-Michel, deux cent cinquante au Panthéon. Voilà la cavalerie, cent cinquante place de la Concorde, cent place du Panthéon. Et puis la gendarmerie ! Soixante-quinze gendarmes à cheval place de l'Étoile, cent gendarmes à pied porte Maillot, cinquante place de l'Étoile. À ces soldats harnachés, sanglés, en grande tenue, Gragnon va ajouter ses commissaires, ses sergents et ses agents de police en tenue ou en civil. Paris sera quadrillé. Tout prend forme sur la carte, l'officiel, l'illégal, le passé, les bonnes et les mauvaises révoltes, et par-dessus tout, l'ordre.

L'huissier de service toque et entre, il dépose courrier et nouveaux rapports. Gragnon retourne à son fauteuil. Il lit vite mais s'arrête sur un rapport du commissariat du 5ᵉ arrondissement. Le directeur de l'École nationale des arts décoratifs s'est présenté là-bas, il émet la crainte que des anarchistes s'introduisent dans les sous-sols du musée des Thermes dont l'entrée est rue du Sommerard. D'après le rapport, ces sous-sols existent et se prolongent sous le boulevard Saint-Michel et des gens malintentionnés pourraient y déposer des sub- stances destructives qui entraîneraient une catastrophe. Gragnon l'annote d'une consigne. « Inspection immé-diate du souterrain. Un officier rue du Sommerard. » Il passe au courrier, ouvert et trié avant d'arriver entre ses mains. Encore des reproches du syndicat de la presse républicaine présidé par Lockroy, qui se plaint du peu d'accréditations obtenues et lui rappelle, au passage, son passé de journaliste. Il ricane en lui-même, oui il a écrit dans quelques journaux mais comme beaucoup de gens, il a même écrit de mauvais poèmes, dans sa jeunesse, mais quelle importance ? Dès qu'il a rejoint la préfectorale en Corrèze, il s'est senti chez lui.

La lettre qui suit le met en joie dès la première ligne. Elle fleure le bon citoyen, mouchard bénévole.

« À Monsieur le préfet de police du département de la Seine. Il est de mon devoir de porter à votre connaissance qu'il a été décidé en comité secret de la Société des libres défenseurs de la Commune des Lilas, où j'assistais secrètement, proposé par les citoyens Chabert et Rousseau, de profiter de l'éloignement de la population vers le faubourg Saint-Germain le jour des obsèques de Victor Hugo pour tenter de s'emparer des principales banques et ministères, Hôtel de Ville, même l'Élysée et la Banque de France et y proclamer la Commune. Je vous avertis en ami du gouvernement. À vous de veiller à ce sujet. Chazan. Rue de Belleville, 108. »

Gragnon ne sait pas ce qui l'amuse le plus, ce croulant de Chabert qui cherche encore le frisson de la révolution avant de mourir ou ce Chazan qui croit tout cela possible. Il pose la lettre. Évidemment qu'ils n'ont pas déshabillé la ville de toutes ses forces de l'ordre. Les dragons seront partout. On dit que le vieux Président restera dans son palais, qu'il est trop fatigué pour le défilé et qu'il n'a jamais goûté la littérature d'Hugo. Gragnon fait venir son secrétaire : qu'il réponde à ce Chazan de Belleville, le remercie et le rassure pour qu'il n'hésite pas à leur écrire encore la prochaine fois.

— Et qui sera à la levée du corps ? ajoute-t-il.
— Le commissaire Dupouy.
— Ah oui...

Ce Dupouy a le chic pour être à la bonne place. Il faut dire que son dossier est truffé de lettres de recommandation, Gragnon l'a consulté avant de le laisser entrer dans la chambre du poète, il y a constaté qu'au fil des ans on y trouve du courrier d'un député, du ministère des Finances, de celui de la Marine et des

Colonies, d'un membre de l'Institut et doyen de la faculté de droit, et même de la Direction des eaux et des égouts de Paris. Dupouy fait jouer tous les vieux amis de feu son père, un ancien officier supérieur de la gendarmerie et officier de la Légion d'honneur. On veut toujours pour lui de l'avancement, en haut lieu. Il attendra un peu, se dit Gragnon, il n'est pas mal loti avec ses 6 000 francs mensuels, son logement de fonction, on dit même qu'il a la fâcheuse tendance à brûler chez lui le charbon réservé au poste. Il pourra se vanter d'avoir été présent quand on a cloué le cercueil de Victor Hugo, il aura été parmi les derniers à le voir, il pourra le raconter jusqu'à sa mort, et ses enfants après lui. Car on en parlera longtemps, de ces funérailles.

Son téléphone sonne. La préfecture de la Seine l'informe que quelques leaders anarchistes se sont présentés pour expliquer qu'ils défileront au onzième groupe avec le drapeau rouge. On leur a répliqué que le drapeau était interdit, qu'ils devaient l'accepter, sinon c'est à leurs risques et périls. Il semble que Lissagaray soit revenu pour réclamer de nouvelles feuilles.

Il ose... pense Gragnon en lissant sa barbe.

Lissagaray et son journal *La Bataille* sont dans son collimateur pour la série d'articles qu'ils publient depuis quelques semaines sous le titre « Les gens de police ». C'est signé « Un vieux de la boîte » et ça a causé des remous dans les services, qui ont reconnu quelques sales histoires internes et se demandent qui est ce vieux qui les balance. Il y a donc aussi des casseroles dans la police.

Mardi dernier, c'est le ministre qui s'est étranglé. Dans son éditorial, Lissagaray l'a pris de front,

« M. Allain-Targé au nez rouge cuivré », il tonnait contre les consignes données à la police au Père-Lachaise, puis d'une plume ricanante écrivait qu'on ne pouvait pas tout justifier par l'état d'ivresse habituel du ministre : « Il y a de l'ammoniaque dans la pharmacie qui touche au ministère de l'Intérieur. » Il doit être en train d'organiser quelques réunions pour ce soir et mobiliser les troupes, fulmine le préfet.

Puis c'est Targé qui l'appelle.

— Quelles nouvelles ? grommelle le ministre.

Gragnon sent sa voix des mauvais jours. Il lui raconte, pour le calmer, que la croix a été retirée très tôt ce matin du Panthéon et sans aucun problème, que le jardin du Luxembourg sera fermé lundi, mais que ses gardiens se tiendront aux portes pour recevoir les gens qui auraient besoin de soins. Il lui parle du tunnel rue du Sommerard comme s'il l'avait découvert lui-même et venait de faire explorer les sous-sols. Et bien sûr, il fait un point sur l'ennemi.

— Lissagaray s'est encore présenté en préfecture, monsieur le ministre. Mais il n'aura même pas le temps de bouger, comptez sur moi.

— Qu'il aille au diable celui-là !

— On s'en occupe, monsieur le ministre. Et il n'ira pas tout seul, croyez-moi.

Cette façon qu'il avait de terminer ses lettres, *Je vous embrasse et je vous aime*, Meurice les a entre les mains. *Je vous aime passionnément mon admirable confrère, doux et cher Maître, ami, frère*. Il est chez lui, s'est isolé dans son bureau, il boit les mots, voudrait pouvoir y répondre encore, lui dire qu'il a traversé la place de l'Étoile tout à l'heure, qu'il n'y fait plus jamais nuit grâce à la nouvelle électricité de la société Edison, que la lumière est abondante, que les travaux se terminent, que c'est Garnier, l'architecte de l'Opéra, qui a tout imaginé, l'Arc de triomphe est voilé, un immense crêpe noir tombe en diagonale du haut du fronton, aux quatre coins pendent des oriflammes et sur ses ouvertures tombent de longues draperies noires frangées de blanc, où l'on peut lire les titres de ses œuvres et voir une image de lui portée par deux Renommée, trompette lyrique à la bouche. Qu'en pensez-vous ? voudrait dire Meurice. Il s'est toujours occupé de tout en son absence. Durant l'exil, il veillait sur ses textes, leur publication, leur mise en scène, la distribution des acteurs, qu'en pensez-vous ? Il lui écrivait plusieurs lettres par semaine. Il surveillait la censure surtout, qui jouait à serrer ou desserrer son nœud, pour mieux amputer les phrases et les idées, qu'en pensez-vous ? *Je ne puis accepter aucune mutilation. Je suis homme politique en même temps qu'homme littéraire. Oh mon doux ami que je vous aime*, répondait le poète. C'était l'amitié qui parlait, leurs plumes romantiques gorgées d'émotions et de sentiments, mais c'était surtout la douleur d'un homme loin de chez lui pendant vingt ans. Meurice l'encourageait, *Finissez vous* Les Châtiments *? Finissez-les, je vous en prie et publiez-les, je vous embrasse et vous aime de toutes mes forces*. Le poète finira et publiera en Belgique ce cri poétique contre les tyrannies, devenu indélébile. L'exil l'avait grandi, libéré des académies, des parlements, rendu plus puissant encore, mais quelle solitude transportaient toutes ces pages voyageant par-delà l'océan, *Ô mon admirable ami, je vous envoie le plus profond de mon cœur et de mon esprit*. Il avait toujours eu des mots doux, mais ceux-là sonnaient comme de longues étreintes, même Lockroy très actif au journal et qui n'avait pas encore pris la place de gendre avait droit à l'affection du grand homme, *Notre cher et charmant Lockroy, ce vif et robuste esprit si littéraire*, écrivait le poète. Meurice sourit en relisant. Il lui dira.

Il va d'une lettre à l'autre, Hugo écrivait debout face à la mer, avec la France à l'horizon les jours de grand beau, mais dans l'obscurité aussi, *Pardonnez-moi mon griffonnage illisible, j'écris avec une épingle et il fait nuit*. Si un bateau chavirait avec le courrier, il réclamait qu'on lui réécrive la lettre noyée, il ne pouvait se résoudre à la voir perdue, et chaque bateau naufragé était l'occasion d'une histoire : *Dans le steamer Normandy sombré en pleine mer il y a quatre jours, il y avait un pauvre charpentier avec sa femme, des gens d'ici. Ils revenaient de Londres où le mari était allé pour une tumeur au bras. Tout à coup dans la nuit noire, le bateau coupé en deux s'enfonce. Le mari crie « Nous allons descendre ». « Il n'y a place que pour une femme sur le canot », s'entend-il répondre. « Va ma femme », dit le mari. « Nenni je n'irai pas. Il n'y a pas de place pour toi. Je mourrons ensemble. » Et je pleure en vous écrivant cela et je songe à mon admirable gendre Charles Vacquerie.* Chaque bateau qui sombrait entre l'Angleterre et Hauteville, c'était Léopoldine qui se noyait encore pour son père. Chaque bateau est un navire fantôme qui refait surface chez Meurice dans l'appartement de la rue Fortuny.

Il lève un moment les yeux, la rue sous ses fenêtres lui fait l'effet d'une ligne brisée. Elle était quasiment droite, menait chez le poète en passant par la place de l'Étoile, il l'avait voulu ainsi. C'est lui qui avait trouvé cet hôtel particulier à louer avenue d'Eylau, quand il y a sept ans son médecin avait conseillé à Hugo de quitter le centre de Paris et la rue de Clichy. Meurice s'était mis en recherche, il avait aimé l'endroit pour ses terrains vagues et ses potagers tout autour, pour son jardin surtout, il avait fait refaire les fourneaux, les parquets, la peinture et démolir le mur de la salle à manger, il avait fait comme si le poète allait vivre ici longtemps encore. Il l'installait sur une branche de l'Étoile tandis qu'il vivait sur une autre. Et il fit en sorte que Vacquerie se rapproche également, car devenu propriétaire, il ne supportait plus que Vacquerie reste locataire, il le suppliait d'acheter. Vacquerie fut long à convaincre mais acquit finalement un petit hôtel rue Dumont-d'Urville, où il posa sa solitude, ses livres et ses tableaux. Ils étaient désormais en arc de cercle autour de l'Étoile, tout près les uns des autres, comme pour réparer les années d'exil. Mais Vacquerie fut à son tour pris de tourments : « Comment j'ai un hôtel et Victor Hugo n'en a pas ! » se disait-il. Le poète se fichait royalement d'accéder à la propriété, mais son ami voulait qu'il achète, comme s'il allait vivre éternellement.

Toutes les lignes sont brisées. L'Étoile aujourd'hui s'est alourdie. L'Arc de triomphe n'a plus rien d'un colosse solitaire. Un immense cénotaphe en forme d'encrier posé entre ses pattes frôle la voûte, comme si la République tétait l'Empire et les fastes napoléoniens. Tout autour les badauds s'attardent avant que le protocole ne s'organise et ne les repousse loin, ils flânent, lèvent la tête, se mesurent au monument, à l'Histoire, ils sont tout petits, plus petits que les lettres V et H gravées sur les écussons, ils sont seuls ou à plusieurs, bien mis ou comme ils peuvent, certains se font prendre en photo. Les professionnels et les amateurs ont posé leur trépied, ils saisiront quoi ? L'immensité, le trop-plein, le fatras officiel, la foule, les camelots venus vendre des médailles du poète ou quelques menues pacotilles sans rapport avec la cérémonie. Mais le vide, comment le dire ?

Meurice replonge vers les lettres. *2 décembre 1869, commencement de la 19ᵉ année...* C'était si long. Les événements les avaient avalés, mais ils voulaient avoir prise sur le cours de l'Histoire, avoir le sentiment de préméditer quelque chose de bon. La Prusse attaquait, le poète annonça qu'il plantait immédiatement dans son jardin le gland des États-Unis d'Europe. La guerre tournait mal pour le petit Napoléon, Meurice le pressait de rentrer : *Mon cher Maître, venez à Bruxelles, soyez là, soyez prêt*, et Hugo répondait : *Une fois les manuscrits relégués dans trois malles et lesdites malles déposées en lieu sûr, je suis libre. Je veux rentrer en France, rentrer à Paris, publiquement, simplement, comme garde national avec mes deux fils à mes côtés. Je me ferai inscrire sur l'arrondissement où je logerai et j'irai au rempart mon fusil à l'épaule. Je ne veux aucune part du pouvoir, mais je veux part entière au danger.* Les choses ne se passèrent pas ainsi, mais qu'importe, reste cet élan toujours, cette poussée qu'il leur donnait à tous.

Les lettres filent entre les doigts ridés de Meurice, elles s'espacent, le temps passait, parfois plus rien, plus de lettres, car ils étaient ensemble, vivaient ensemble, c'est chez lui que le poète se posa au retour d'exil, il n'avait plus de toit. Puis la mort frappa encore : *14 mars 1871, Je n'y vois pas, j'écris à travers les larmes, j'entends d'ici les sanglots d'Alice. J'ai le cœur brisé. Charles est mort. Je veux emporter Charles pour le mettre à Paris avec mon père ou à Villequier avec sa mère. Aimez-moi.* Meurice n'avait pas oublié cette lettre. Il fixe les derniers mots, les mêmes que ceux que le poète a prononcés il y a quelques jours avant de rendre l'âme. Aimez-moi. Il voulait qu'on l'aime. Et Meurice l'aimait. Il est comme une veuve, même si sa femme s'affaire dans l'autre pièce. Il vit dans le sillage de cet homme depuis qu'il a dix-huit ans, il en a soixante-sept désormais, ses cheveux, ses sourcils, sa moustache, tout est blanc.

C'est Vacquerie qui le présenta au poète. Ils furent alors deux gardes, veillant sur lui, ses textes, ses biens, ses fils, deux hommes en parallèle qu'on s'amusait à confondre dans les mondanités parisiennes : à Meurice, on disait, Bonjour Vacquerie ! Comment se porte Meurice ?, et vice versa, et en ricanant un peu, ils le sentaient bien. Les salons parisiens sont des réflecteurs de lumière. Alors qui ne la cherche pas n'a que peu d'intérêt. Et ces deux-là, poètes, dramaturges, combattants, journalistes avaient en plus le défaut d'être totalement désintéressés. Lorsque Hugo les désigna ses exécuteurs testamentaires, responsables de ses œuvres publiées et inédites, dont ils toucheraient leur part, ils répondirent ensemble qu'ils acceptaient la mission mais refusaient le pourcentage. Ils en devenaient suspects ou drôles aux yeux des vaniteux qui se rassuraient ainsi sur eux-mêmes. Mais c'était eux, deux hommes dans le sillage et l'ombre d'un autre, leurs vies imbriquées dans la sienne, leurs toits au sien, tout autour de l'Étoile.

Et la foule là-bas, qui attend, piétine, guette le grand jour et noircit doucement la place, efface sans le savoir le tracé de trois hommes, ces lignes presque droites qu'ils empruntaient chaque jour, qui les reliaient et les rassuraient. Ils n'allaient pas l'un chez l'autre, ils allaient chez lui. Une dernière fois, ils vont faire le chemin tout à l'heure. Meurice viendra chercher Vacquerie, ils iront ensemble à la demeure d'Hugo, mais pour assister à sa mise en bière, y coucher leur vie aussi. Il n'y a dans leur tête plus de place pour d'autres souvenirs à fabriquer.

Meurice voit naître les vieux livres : *8 juin 1873, Ce matin à midi et demi, j'ai écrit la dernière ligne du livre* Quatre vingt-treize. *Je l'ai écrite avec la plume qui vous écrit en ce moment, je tiens à vous annoncer mon accouchement.* Il regarde l'horloge, puis son costume de cérémonie pendu sur un cintre, comme un double de lui, quelqu'un qu'il n'est pas encore, et il replonge dans les pages qu'il a entre les mains.

À quelques rues de là, Vacquerie fait la même chose. Il relit, cherche la voix à rebours du temps. *Le nœud qui nous lie est scellé dans une tombe*, cette vieille tombe dans laquelle la barque de Charles et Léopoldine chavira. *Dépêchez-vous de mettre votre liberté en sûreté dans l'exil*, ce vieux coup d'État l'envoya pourtant en prison.

Ils ont la chance de ceux qui écrivent, il leur reste un chemin vers l'intimité passée et les mystères non élucidés. Par leurs mots, les morts offrent encore protection. Et toutes ces longues années côte à côte ne semblent plus qu'un même temps, qu'un trop court moment, un vieux rêve. *Mon idée de librairie universelle va bien. Cette librairie serait l'usine intellectuelle du monde entier, la France soufflant sur la forge...* Vacquerie sourit, il sait qu'ils ont trop rêvé, trop rêvé comme on a trop bu, c'est leur chance. *Je suis un homme de révolution... Toute ma pensée oscille entre ces deux pôles : Civilisation, Révolution. Quand la liberté est en péril, je dis : civilisation, mais révolution. Quand c'est l'ordre qui est en danger : je dis révolution mais civilisation.* Ils ont trop souffert aussi. Il retrouve ce billet à la mort de sa mère : *Votre cœur ne peut être frappé sans que le mien saigne. Que d'âmes douces et tendres au-dessus de nous dans le bleu sombre de la mort. Vous les voyez n'est-ce pas ? Moi aussi. Aimons-nous.*

Que d'âmes douces et tendres au-dessus de nous dans le bleu sombre de la mort.

Vacquerie se repasse cette phrase. Il a subitement les yeux embués de larmes, celles qu'il ne s'est pas encore autorisées, jamais autorisées. Le combat lui a tenu lieu de mouchoir, les Hugo et les journaux de famille, ses pamphlets ont canalisé sa rage, aujourd'hui il lui semble qu'il pleure pour la première fois, parce que tout est fini, il y a trop de gens dans le bleu sombre de la mort.

Ils écrivaient ensemble, Hugo loin devant et eux derrière, ils auraient pu le faire longtemps encore, l'Empire et son totalitarisme avaient fouetté leur prose, la République et ses grands airs ne les avaient pourtant pas endormis. Mais il ne peut rien seul, Vacquerie. Il aime croire et admirer. Il n'admire plus puisque Hugo est mort.

La Science et l'Église penchées sur son visage ne sont évidemment pas d'accord. La première assure que l'embaumeur a mal travaillé, que ces taches naissantes, c'est le débit sanguin. La seconde s'écriera bientôt que Dieu s'est vengé et a détourné la face du poète. Son visage n'est plus beau à voir. Jeanne et Georges ont pleuré. Lockroy a pensé à ce télégramme de l'École d'anthropologie réclamant son cerveau pour la postérité.

— On ferme, a-t-il dit, suivi par Vacquerie et Meurice.

Plus question de laisser voir sa face de vieux sage sous l'Arc de triomphe. Le bruit du couvercle fait mal. Le lit vide aussi. Mais commence le chemin après tant de jours immobiles, de chair morte à l'étage. Commence l'absence aussi, si difficile à décrire. Commence le voyage des images faites dans l'urgence de sa mort. C'était le jour même, le sculpteur Dalou vint et fit un croquis, le peintre Bonnat accourut à la demande de Georges qui voulait qu'il le peigne maintenant, tant que l'air dans la chambre contenait encore le dernier soupir sorti de sa bouche entrouverte. Nadar fit sa photo du poète sur son lit le lendemain matin. Plus de dialogue, plus de commerce entre le modèle et l'artiste qui l'avait déjà photographié, plus cette présence massive du poète dont il fallait se débrouiller. La mort, juste elle.

Le cercueil est fermé. Le corps éternel prend déjà le pas sur la dépouille qui s'en ira cette nuit pour l'Arc de triomphe. Le corbillard et les couronnes officielles sont au garde-meubles. L'endroit déborde, il paraît. Un million et demi de francs a été dépensé en fleurs. Et partout les costumes de cérémonie sont prêts.

« Nous, Georges Jules Dupouy, commissaire de police de la Ville de Paris, plus spécialement chargé du quartier de la Muette et de la porte Dauphine. Nous sommes transporté avenue Victor-Hugo, numéro 50, à l'hôtel de Monsieur Victor Hugo, à six heures trente ce soir. Là, en notre présence, dans une chambre au premier étage, éclairée par une fenêtre ouvrant sur le jardin de l'hôtel de Lusignan, le corps de Victor Hugo a été placé dans un cercueil en plomb, doublé de satin blanc, qu'on a rempli avec une mixture de bois et de sulfate de zinc. Un couvercle également en plomb a été scellé sur le cercueil qui a été renfermé dans une bière en chêne recouverte de velours noir avec ornement d'argent. »

Ils avaient pensé à une apparition dans la nuit, à une heure tenue secrète, connue d'eux seuls, ils voulaient choisir le moment de le laisser partir, de franchir le seuil de la maison, de dissoudre leur chagrin dans celui de tous les autres. Ils seraient apparus marchant derrière son corbillard de pauvre, petits-enfants, parents, amis, sur ce bout d'avenue portant déjà son nom. Il y aurait eu du monde sur les trottoirs, dix jours qu'ils ne désemplissaient pas, mais cette demi-heure sur le pavé aurait été à eux. Et ils auraient pris par surprise la foule massée place de l'Étoile, les yeux fixés sur l'angle de l'avenue. Ils lui auraient livré le cadavre. Alors auraient commencé les grandes funérailles. Mais ça ne s'est pas passé comme ça.

Depuis des jours la cérémonie attend son heure, depuis des jours on aperçoit une puissante tache de lumière autour de l'Arc de triomphe, la fée Électricité éclaire les travaux, c'est le miracle moderne, gracieusement offert par la société Edison pour travailler vite, même le soir. Depuis des jours, les journaux crient dans tous les sens, le gouvernement tergiverse. Alors quand le moment est tout proche, nul ne songe que cet homme avait une famille et des bouts de vie sans public, tout s'enclenche. Les vingt maires des arrondissements parisiens se présentent dans leurs habits de cérémonie à la porte de la maison, puis viennent les douze jeunes poètes qui veilleront le corps la nuit prochaine, ils sortent d'un restaurant ouvert toute la nuit avenue d'Eylau, ils portent leur brassard de crêpe aux initiales du Maître et un laissez-passer à la boutonnière. Le clan Hugo est désormais sous escorte officielle, il n'a d'autre choix que d'y aller. Mais il faut encore attendre, le vestibule et le salon pleins de ces gens, car les derniers ajustements s'achèvent sur la place, le catafalque n'a été terminé qu'à cinq heures trente du matin.

Le jour vient de se lever quand apparaît le corbillard devant la maison. On y glisse le cercueil du poète, on le couvre des couronnes de fleurs et le convoi s'ébranle. Il roule, escorté par la police municipale, les gardiens de la paix de l'arrondissement sous les ordres de deux brigadiers, dont Féger plus cérémonieux que jamais, car sa femme, son fils, sa nièce sont sur l'avenue, postés quelque part parmi les cinq mille autres qui se massent, silencieux, chapeaux bas, sur les trottoirs. Le cercueil attire tous les regards. Des jours qu'on parle du mort sans le voir. Les proches marchent de chaque côté, Lockroy, Vacquerie et Meurice semblent aller ensemble, comme Georges, Jeanne et leur mère Alice. Suivent Léopold, les amis, les collaborateurs, puis les maires dans leurs habits, les jeunes poètes.

Quand subitement les habitudes reprennent parmi la foule, on entend crier : « Vive Victor Hugo ! »
La mort ne serait donc pas de la cérémonie.

Il est six heures et demie quand le convoi apparaît au bord de la place. Elle est noire de monde, envahie, des milliers de personnes ont passé la nuit là pour le voir arriver. Ils viennent de loin ou émergent simplement de l'obscurité, quelques filles de brasserie accompagnées de jeunes gens ont fini la nuit là, au pied de cet immense portique napoléonien drapé de noir. C'est déjà un drôle de mélange cette foule, provinciale et parisienne, silhouettes graves et ombres sensuelles. Ils attendent. Il apparaît. Alors comme une vague, ils font un pas en avant, mais les gardiens de la paix les empêchent d'aller plus loin. N'avancez plus. Le mort est là, le protocole s'installe.

Qu'il est minuscule le corbillard qui traverse doucement la place et approche l'immense monument qui l'attend. Il savait. Il l'avait prévu. Il avait dit : *Je donne mon corps à la patrie,* puis choisi de coucher son être, la dépouille de son immense moi, dans une boîte quelconque, corbillard huitième catégorie. Il se doutait bien du diamètre que prendraient ses funérailles, des grands machins, des grands draps qu'on tendrait pour l'occasion, des ornements de pharaon qu'on lui préparerait. Il n'aurait pas désapprouvé. Mais il voulait le contraste. Il savait qu'il ne devait sa grandeur qu'à la colère du proscrit, ces longues années de Guernesey où il s'était senti seul et avec tous, qu'à Jean Valjean le voleur de pain, qu'à Fantine la fille publique, qu'à ces bas-fonds qu'il observait et écoutait, qu'à leur argot copinant dans ses livres avec sa plume superbe, il leur devait bien plus qu'à ces puissants qui plastronneraient derrière sa dépouille et tiendraient discours en tribune. Ce sont les faibles qui l'ont fait important, ce sont eux qui font les grands hommes, il faut avoir troublé les consciences, tissé les fils secrets de l'humanité, pour rassembler tant de monde, creuser le temps, les siècles, jusqu'au futur.

Les employés des pompes funèbres sortent le cercueil, montent les douze marches et le déposent dans le sarcophage qu'ils recouvrent d'un velours noir semé de larmes d'argent. Les couronnes sont déposées. Le petit corbillard s'éclipse. Bientôt un bataillon scolaire en grand uniforme dessine la garde d'honneur, s'y ajoutent quatre huissiers du Sénat en tenue de cérémonie, l'entrée est gardée par deux rangs de cuirassiers en armes. Le cercueil est là jusqu'à demain matin onze heures. Au public de lui rendre hommage. C'est dimanche, jour sans travail. Les becs de gaz restent allumés sur les deux cents lampadaires et torchères qui ont été ajoutés autour du rond-point, ils jettent, sous les voiles de crêpe, une lueur verte et funèbre.

La foule augmente plus vite que prévu. On appelle des renforts. Féger et ses hommes ont pris position, mais eux qui régnaient en maîtres devant la maison doivent se fondre dans le dispositif, si grand, si haut, si vaste, le décor écrase tout le monde, même le mort. Il n'y a que la foule qui finira par rivaliser. Elle vient. Elle arrive de partout. Les branches de l'Étoile sont pleines de gens qui marchent, il va probablement falloir supprimer le passage des tramways de la Villette et de la Muette. Les brigades de sept arrondissements arrivent également, il est sept heures et demie, la garde républicaine à pied et à cheval prend position autour du monument et rend les honneurs militaires au poète. C'est le moment que la famille et les proches choisissent pour s'en aller, ils rentrent chez eux, laissent le grand-père à la foule.

La file s'allonge sur l'avenue Hoche, des femmes, des vieillards, des enfants, des hommes en costume ou en bras de chemise, en haut-de-forme ou en casquette, une foule qui fourmille sur toute la largeur de l'avenue, de plus en plus compacte, de plus en plus rangée, encadrée par les forces de l'ordre. Les marchands ambulants lui tournent autour, avec des victuailles, de la limonade, du vin, des médailles, des lyres, des portraits du héros debout ou mort sur son lit, des épingles de cravate, même. Les gars du faubourg Saint-Denis sont là. Ils ont dans leur poche le mot de Lockroy, ça les a flattés qu'il réponde, mais ils ont bien compris que c'était fichu, ça se passerait sans eux, alors ils sont venus aujourd'hui pour remplacer demain. Achille a son fils sur les épaules, il lui a accroché au gilet un médaillon au bout d'un ruban doré acheté à un camelot, il y a le buste d'Hugo d'un côté, et de l'autre c'est écrit « La France en deuil couronne son poète national ».

— T'as raison pour le petit, dit Pierre. Moi c'est mon père qui m'a fait entendre Victor Hugo. Il me l'a récité debout dans le champ.

— Il savait lire, ton père ?

— Non, pas trop bien, il l'avait appris par cœur, comme la prière.

Son bout de poème, Pierre l'a gardé au bout des lèvres, l'a gardé de son père. Il le sait encore mais ne le récitera pas. Les autres l'y poussent pourtant, « Vas-y, c'est le jour ! ». Il secoue la tête, non, non, il y a du Hugo partout, dans les journaux, sur les monuments, il ne fait pas le poids. Alors la conversation s'engourdit. Ils se taisent un moment. Ils pensent peut-être à leurs pères, ils sont partis en leur faisant un peu de peine, sans un regret pour le lopin de terre qu'ils s'étaient échinés à retourner toute leur vie. Reste qu'ils suent comme eux pour une misère, à la chaleur des machines et des fourneaux. Ils y pensent sans jamais en parler, comme si les pères n'en formaient qu'un seul, celui qu'on a quitté. Pierre peut pourtant distinguer le sien de tous les autres, grâce à ce bout de poème récité en plein champ : *Vous n'êtes pas armés ? qu'importe ! Prends ta fourche, prends ton marteau ! Arrache le gond de ta porte, Emplis de pierres ton manteau ! Et poussez le cri d'espérance !* Son père avait immédiatement ajouté que celui-là n'était pas difficile à retenir, grâce aux outils.

Des huées les sortent du silence. Ils rigolent maintenant. Les membres de l'Armée du Salut longent le cortège pour vendre leur journal, *En avant !*, et ils se font chahuter. Les amis de l'Église feraient mieux de ne pas se montrer aujourd'hui. « En arrière ! » répond la foule qui se fait plaisir.

La mort rit jaune. Elle aimerait un peu plus d'accablement, qu'on la prenne au sérieux. Il y a une fin à tout et c'est elle. Mais Hugo ne peut pas disparaître.

« Écoutez ! » dit Achille. Il lit à voix haute, mais sans forcer, l'article de Lissagaray dans *La Bataille* du jour : « Où seront-ils ceux qui ont rendu humain, c'est-à-dire immortel, ce poète jusque-là sans entrailles, et du musicien incomparable fait un pionnier de l'avenir ?

Ils seront dans leur atelier ou dans leur usine à gémir comme tous les jours de leur vie. » Achille s'interrompt, lève les yeux vers les deux autres, pour vérifier qu'ils écoutent et comprennent bien que c'est d'eux dont il est question. Il n'y a pas que Pierre et Gustave qui tendent l'oreille. Achille reprend : « Si les funérailles de Victor Hugo devaient être des funérailles vraiment populaires, les Misérables de Paris se mettraient peut-être à la demi-ration ce jour. Mais c'est le peuple qu'on veut écarter. Lisez l'ordre et la marche du cortège rédigés par les ministres, les lettres d'admission dans les vingt groupes. Il y aura des commissaires partout. »

— Bien dit ! lâche Pierre, la lutte des classes c'est eux qui la veulent !

On toussote derrière lui, ces mots-là font peur. Mais la lecture du journal fait du bien, c'est mieux qu'une réunion du syndicat, ça crie plus fort, ça va plus loin. Et ceux de devant approuvent.

— Demain, les aristos vont fermer leurs fenêtres, ils interdiront à leurs gens de regarder par les mansardes ! Par chez nous il y aurait eu du monde partout ! dit un homme plus âgé qui rougit sous le soleil.

Les trois du faubourg Saint-Denis sont bien d'accord, ni le jour ni l'itinéraire ne sont bons. La discussion s'engage. On se dit que vu le monde aujourd'hui, ça va être incroyable demain, que c'est donc stupide de passer par Saint-Germain, que les grands boulevards ou même la rue de Rivoli auraient laissé plus de place pour que le défilé s'écoule tranquillement. Et ça leur aurait permis d'entendre le bruit des tambours depuis les ateliers. On s'éponge le front. Les avenues sont trop larges par ici pour leur offrir l'ombre des immeubles, elles n'offrent rien que leurs pavés, leur immensité, elles font de ceux qui piétinent des fourmis, des insectes, eux se voudraient les acteurs d'une longue histoire qui s'achève. Parfois ils s'extirpent pour aller soulager leur vessie. Les vendeurs de journaux continuent leur tirade. Que crieront-ils mardi ? Qu'il a été enterré ? Et mercredi ? La presse catholique insinuera qu'il avait finalement réclamé un prêtre, mais que ses amis le lui auraient refusé, c'est un des trois médecins qui l'aurait confié à quelqu'un. La presse républicaine se précipitera vers ledit médecin qui démentira et assurera avoir entendu Victor Hugo à l'article de la mort répéter : « Pas de prêtre ». Il parlera donc encore mercredi et les jours suivants, les années suivantes. Il fait un parfait fantôme. Et la vie a un penchant pour les fantômes, c'est eux parfois qui nous disent qui on est.

La conversation ralentit à nouveau. Parce qu'on passe déjà tous les jours ensemble à l'usine. Parce qu'on regarde autour. Les souliers vernis des messieurs. Les dames dans des robes sombres qui les allongent. Des jeunes filles bon chic bon genre qui baissent les yeux si on les observe trop longtemps. On ne se frotte jamais d'aussi près à ces gens-là. Ils ont des mômes tirés à quatre épingles.

— Sont fagotés comme des chiens savants, souffle Pierre en rigolant.

Il y a aussi les filles appétissantes qui tournent, en attendant la nuit. C'est amusant d'être là où on ne vient jamais, de rouler quelques cigarettes sur les belles avenues, de bavarder un peu. Mais on finit toujours par revenir aux sujets de l'autre rive. Semblerait que la grève des tailleurs va s'arrêter sans avoir rien obtenu, les gars craquent, ils n'ont plus rien, on a collecté 60 francs, on les a envoyés au comité de grève, mais ce n'est pas grand-chose, les patrons ont même menacé de les reprendre avec dix pour cent de réduction de salaire, les salauds ! Et le pain qu'est maintenant à 70 centimes les deux kilos. Le temps passe. Le monument se rapproche. La police est partout. Les gardes républicains à cheval sont venus aider à former les files. Le gamin passé sur les épaules de Pierre tourne sans cesse la tête, il a les yeux rivés sur leurs casques brillants. « L'aime un peu trop les flics, ton fils ! » ricane Gustave. Il fait toujours aussi chaud. Des gens s'évanouissent, ils sont extraits de la foule, les rangs se resserrent aussitôt, ce n'est pas une bonne idée vu la température, mais c'est un réflexe. La foule est un tissu organique qui se reconstitue, se régénère.

La mort ne sert à rien.

Il est quatre heures quand ils arrivent au bord de la place de l'Étoile. Encore une bonne heure d'attente avant d'être devant le monument. On voit quoi ? Paraît que le cercueil est fermé, disent les rangs de devant. Ils parlent bas. Le silence s'installe au fur et à mesure qu'on approche. Alors les trois ouvriers du faubourg Saint-Denis se taisent aussi. Le gamin s'est endormi sur les épaules de son père, petit caillou emporté par une foule transpirante, docile comme un long fleuve qui s'écoule. Aux abords de l'Arc et dans les contre-allées des Champs-Élysées, des gens installent des échelles doubles qu'ils comptent louer ce soir et demain aux curieux, il y a aussi des voitures, des chars à bancs de course où le siège vaudra cher. Les hautes flammes des torchères sur la place noire de monde semblent suggérer une ville en pleurs autour d'un bûcher funéraire.

C'est à six heures que les trois du faubourg Saint-Denis arrivent devant le cénotaphe. Le fils a été posé sur le sol. Regarde bien et n'oublie jamais, lui dit son père. Il n'y a pas grand-chose à voir, que ce bloc noir immense et brillant, qui écrase le mort et ceux qui sont à ses pieds. Le corps a disparu sous le sarcophage. La rumeur court que l'embaumement ne fut pas une réussite. Les trois hommes ont retiré leurs casquettes, les chiffonnent au bout de leurs bras ballants. Pas de signe, pas de croix, rien, juste un hochement de tête machinal, qui veut dire j'y suis, qui veut dire merci, ou bien adieu. Et puis ça pousse derrière, la file est longue encore sur l'avenue, alors il faut avancer et se fondre dans l'autre foule, celle qui reste. Personne ne part. Paris est comme un vase penché qui verse là ses habitants. Paris s'épanche tous les dix ou vingt ans, s'offre de grandes émotions, politique, funéraire, littéraire, révolutionnaire. Paris se prend pour le centre du monde, le cerveau de l'Europe, Paris se prépare à une longue nuit de veille qui sera suivie d'un grand jour, Paris enterre celui qui l'a aimé et réciproquement, alors il y a de la peine, mais aussi la joie secrète d'avoir aimé. Paris offre au poète le culte d'ordinaire dévolu aux despotes, aux empereurs et aux rois, il était le souverain des mots, de l'imaginaire. Il leur a inoculé un vaccin, un espoir, alors aussi dure soit la perte, le fond des cœurs semble tranquille.

La mort n'est qu'une tempête. Une passante.

Sept heures approchent, les forces de l'ordre font savoir qu'à l'heure pile, tout s'arrête, il n'y aura plus de passage devant le mausolée. Beaucoup comprennent qu'ils ont passé là des heures en vain, ils pestent, interpellent les agents, se bousculent, mais tout rentre vite dans l'ordre. Le dispositif policier est dissuasif. Féger est toujours sur la place, il n'est plus de service mais il en a l'air, il en a vu des commissaires pris au dépourvu qui envoyaient des télégrammes : « Nous devions quitter le service à trois heures mais la foule est toujours considérable et ne paraît pas disposée à quitter la place. Devons-nous rester ? » Lui n'a rien envoyé. Il n'avait pas envie de partir, il ne s'y résout pas, il sent que la parenthèse se termine, la belle parenthèse qui le fit garder le plus illustre des morts. Il est comme tout le monde ce soir, il sent le poids de son histoire et celle du siècle, à l'ombre du monument funéraire, Je suis un enfant de la préfecture de police, mon père est entré à la préfecture de police en 1848, j'ai débuté à l'âge de vingt et un ans comme simple gardien de la paix, je n'ai rien fait pour démériter de la confiance et de l'estime de Monsieur le préfet. C'est comme ça qu'il commencerait sa lettre pour demander de l'avancement.

La nuit va tomber. Les cuirassiers de garde reçoivent des torches enflammées dont la lueur se prolonge sur leurs casques. Les flammes bleues et vertes des torchères brillent plus vivement. Les douze poètes succèdent au bataillon scolaire, ils prennent place autour du mausolée, la petite chambre mortuaire où ils peuvent pénétrer, on les devine qui entrent et sortent, se relaient, que font-ils à l'intérieur ?

Ils s'agenouillent ? Ils caressent le cercueil en espérant que le fluide du génie les contamine ? Ils prient ? Ils rient ? C'est nerveux, parfois, le rire. On n'entend rien de toute façon. Le silence s'installe autour du monument, c'est celui d'un temple.

Mais si l'on s'en éloigne, si l'on recule, le bruit revient, la rumeur monte, on entend tout le monde, loueurs de chaises et d'échelles pour demain, déclamateurs de poésie, disputes d'ivrognes, étudiants qui s'attardent et débattent des actes et de la vie du poète, ce n'est pas la foire, c'est la communauté autour d'un cercueil, l'hommage populaire avant les obsèques officielles. Et monte ce rire nécessaire aux journées bordées de noir, il monte avec l'obscurité, avec ce qu'il contient de vanité et de résignation. Le poète a fabriqué sa légende, il n'y a rien d'autre à faire qu'être là, vivre encore, dormir sur les bancs, les pelouses, ou sur les rebords des trottoirs pour être sûrs d'avoir sa place demain. Dormir n'est pas le mot, autre chose commence, hors programme officiel, avec la protection de la nuit.

La mort est vaincue. C'est la fête.

Certains campent là depuis deux jours, d'autres sont venus s'incliner devant le mausolée et ont décidé de rester, puis s'ajoute la faune habituée des soirs sans fin, qui cherche la lumière de l'événement. L'alcool coule à flots. Les silhouettes flottent. Les filles publiques ne se cachent plus, les autres se laissent aller, on chante, de vieilles chansons ou celles de demain, « Saint' Geneviève vas-tu fiche le camp ! ». C'est sans tenue, sans retenue. Fini les rangs serrés de l'après-midi, l'instant est exceptionnel, il crée des groupes, des grappes, ce n'est pas tous les jours qu'ils côtoient le grandiose, ils ne sont pas des exégètes, des politiques, des artistes, ils sont les personnages du poète, ses entrailles, ceux qui savent que la vie durant tu rames comme sur une grande galère, qui savent reconnaître un beau ciel, un grand homme, alors ils boivent à sa santé, à la leur, et aux femmes.

Pendant ce temps-là, les révolutionnaires sont encore réunis. Ordre du jour : Décision définitive à l'égard des obsèques de Victor Hugo. Tous les groupes anarchistes se sont donné rendez-vous au 14 boulevard de Magenta, salle Laprade, au premier étage d'un débit de vins. Ils sont environ deux cents, il y a de l'urgence, de l'électricité dans l'air, les interventions s'enchaînent, les visages sont tendus dans le clair-obscur de la pièce, car l'événement est en route. Ils savent bien qu'aujourd'hui la foule s'est pressée jusqu'en bas de l'avenue Hoche pour pouvoir passer devant le mausolée, on dit plus de cent mille personnes, c'est beaucoup, le peuple est du côté du poète, il faut y être aussi, le peuple c'est eux, leur moyen, leur fin, leur mythe. Graillat dit qu'il faut arborer le drapeau noir, qu'il est déjà acheté, mesure un mètre cinquante sur deux mètres cinquante, et a été déposé dans la boutique d'un fabricant de produits hygiéniques. Il ajoute qu'il ne faut pas s'occuper des drapeaux rouges dans le cortège, qu'il faut se grouper autour du noir, le défendre contre la police, c'est lui, le seul emblème de la misère.

Mais la misère n'a pas d'emblème, ça se saurait. La misère se divise, s'éparpille, se débrouille. Ce soir, sur les Champs-Élysées, les prostituées font des affaires, de pauvres types font les poches, des ouvriers déambulent et boivent encore, ils dessaouleront à l'aube et iront directement à l'usine. Tous ceux-là ne forment pas une masse agissante, unanime, juste un nuage dans la nuit qui se dissipera au petit matin. C'est pourtant vrai qu'ils sont reliés entre eux d'une manière ou d'une autre, la misère ça s'organise, comme les enterrements, mais ils savent qu'on ne déplacera jamais les montagnes, qu'au mieux on peut se fabriquer des souvenirs, voler des moments à la vie, cette chienne, alors ils ne dormiront pas, ils vont s'amuser, c'est leur hommage, leur liberté aussi. Plus l'heure passe, plus ils boivent et chantent. Et ils baisent maintenant sous le ciel, ils savent comme deux corps peuvent être broyés, mais aussi s'envoler. Des yeux effarouchés se détournent lorsqu'ils devinent une robe qui se soulève, des mains qui se promènent, des femmes à la renverse, ça donnera de drôles de mots dans la presse demain matin, « orgie », « kermesse », mais c'est faire honneur au poète qui se déboutonnait vite, ça tout le monde le sait. On s'offre une nuit. Le vice, l'alcool, le chagrin vont toujours bien ensemble.

Une légère averse passe. Elle nettoie la poussière du jour, mais elle ne douche rien, elle exciterait même davantage les senteurs de la ville. La nuit est mouillée. Elle redouble d'ardeur. Les rossignols chantent. Certains cafés restent ouverts, les camelots fournissent encore. Les putains aussi. Les fourmis dansent au pied du monument. Dieu le rabat-joie n'habite pas à l'intérieur. Et la police laisse faire, que le peuple s'amuse, seule la révolution est interdite.

Elle n'est pas pour demain. 23 installé salle Laprade a de quoi rassurer le gouvernement. Ils n'arrivent pas à se mettre d'accord. Willems plaide pour y aller armés. Mais Chaumat est venu dire que Victor Hugo n'ayant pas été de son vivant socialiste, il ne faut pas déployer de drapeau à ses obsèques.

— Nous provoquerions la police et nous nous ferions battre pour rien !

La salle le hue.

— Il faut se montrer. Les anarchistes crient beaucoup et ne font rien. Il faut que demain ils portent le drapeau noir et aient en poche de quoi se défendre ! Nous avons été provoqués par la police dimanche, c'est à notre tour de la provoquer demain ! s'écrie Willems.

Il est très applaudi. Mais c'est moins son plan pour demain que sa verve qu'on célèbre. Tous savent que la foule des obsèques ne leur sera pas favorable. Hugo leur file entre les doigts. Vivant c'était plus simple, le poète voulait qu'on force la vapeur du progrès sans jamais risquer l'explosion, il était un repère sur le barème de la colère, on l'était plus que lui et on marchait vers la pureté révolutionnaire, ou moins que lui, alors on engraissait sur les flancs conservateurs. Dans les deux cas, on pouvait le dénigrer tranquillement. Ce n'était pas difficile, il parlait et écrivait sans cesse. Mais maintenant qu'il ne bouge plus, le thermomètre est brisé. Sa colère est là, intacte dans tous les esprits. La République la sanctifie pour mieux l'assécher comme un dangereux mercure. Et les révolutionnaires que peuvent-ils dire ? Ils sentent les jours décolorés qui viennent.

23 pourtant est nerveux. À vrai dire ce qui va se passer demain l'intéresse peu, ce sont plutôt les murmures qui lui parviennent, les regards aussi vers la

table de presse. Il y a plus de journalistes que d'ordinaire puisque c'est la veille du grand jour, alors la suspicion est là et finit même par sortir.

— Il y a forcément des espions parmi nous, des agents de la préfecture parmi tous ces journalistes ! s'écrie une voix rauque du fond de la salle.

Pourquoi tremble-t-il, 23 ? C'est un vieux de la vieille qui ne vient pas seulement pour les grandes occasions, il ne risque rien. Voilà qu'on les interroge, qu'on leur demande d'où ils sortent, un par un.

— *L'Ami du peuple*, dit 23.

Ils le connaissent bien, leurs soupçons passent vite au suivant. 23 commence à respirer. Parfois il se dit qu'il est temps d'arrêter, de toute façon *L'Ami du peuple* ça ne va pas durer, Lisbonne est fauché, il n'aura bientôt plus de quoi payer l'imprimerie. Huit journalistes sont finalement mis dehors, ils sortent sous les sifflets. La réunion reprend. On dirait que l'incident a nettoyé la pièce. Tout va plus vite ensuite. Un certain Tortellier suggère de mettre sur le drapeau noir des anarchistes ces vers de Victor Hugo publiés le matin même dans *La Bataille : Le peuple a sa colère et le volcan sa lave qui dévaste d'abord et qui féconde après*. Proposition adoptée. On est donc prêts, le rendez-vous est fixé demain à neuf heures à l'angle de la rue Brunel et de l'avenue de la Grande-Armée. Ils foncent dans la gueule du loup.

Comme les proscrits de la Commune, réunis ailleurs au même moment, qui se sont également donné rendez-vous là, demain matin. Lisbonne n'a pas levé sa canne pour prendre la parole, il n'a rien dit, il voulait un seul drapeau rouge défendu par une centaine d'hommes, mais personne n'arrive à s'entendre, alors va pour un drapeau cousu du mot « Amnistie ». On ne peut pas lui enlever ça au poète, l'Amnistie. Et puis Lissagaray a tellement l'air convaincu, lui qui refusait qu'on brode quoi que ce soit sur le rouge, il y a quelques jours. Lisbonne n'est pas le seul à changer d'avis. Un instant, il s'est rappelé le bateau du retour franchissant la rade de Brest, leur surprise à tous, de voir tant de Bretons en masse sur les quais pour fêter les vaincus de l'insurrection parisienne, il fallait qu'on leur ait parlé, qu'on leur ait dit, des voix s'étaient élevées en leur absence pour rendre leur honneur aux combattants de la Commune, et parmi celles-là, plus puissante que toutes les autres, celle d'Hugo. Alors Amnistie pourquoi pas. Et de toute façon, il faut que flotte le drapeau rouge pour répondre à l'agression policière de dimanche dernier au Père-Lachaise. Qu'on l'enterre, qu'on en finisse de ces tergiversations tous les soirs. Fichu poète, il s'en sort bien. Lisbonne envoie rapidement une lettre au correspondant du *Herald* qui lui a demandé de le tenir au courant. C'est bref. « Il a été décidé en principe d'assister quand même aux funérailles de Victor Hugo et d'arborer le drapeau rouge. Mon avis de réunir toutes les forces révolutionnaires en un point central n'a pas été adopté. Qu'est-ce qui arrivera ? Salut et fraternité. »

Il rentre chez lui, descend vers la République, passe devant le 6 du boulevard de Magenta, lève les yeux comme à chaque fois. Ils habitaient là avec Élisa et leur fils Félix pendant la Commune. Maintenant ils sont rue Oberkampf, tout près. Lisbonne s'enfonce doucement dans la nuit en s'appuyant sur sa canne. La scène lui manque, son journal va mal, quant aux réunions, elles sont pleines de crieurs qui ne font pas pour autant des volontaires. Mais des volontaires pour quoi ? Où est le prochain théâtre ? La prochaine bataille ? Il est tard, Élisa ne doit plus l'attendre, elle l'a déjà tant attendu. La retrouver chaque fois qu'il rentre, que ce soit de huit ans de bagne, ou simplement d'une réunion, d'un spectacle, c'est le secret de sa force, sa lumière. Cette femme-là, costumière de profession, l'a recousu mille fois. Il est comme un enfant devant elle qui l'écoute, lui parle, le conseille, le retient. Et s'il est homme à la fois furieux et gai, il le lui doit. Il trouvera d'autres projets, d'autres scènes, d'autres cantines pour servir les souvenirs, la révolution et la soupe kanake rapportée de Nouvelle-Calédonie, et Élisa sera là, à la caisse, à la cuisine, aux costumes, et blottie tout contre lui le soir, car elle sait que son forçat a du mal à fermer les yeux.

L'aube n'est plus si loin. Aux abords des festivités, les corps lentement se sont affalés ou bien cherchent à se poser. Autant aller là où on regardera demain passer le défilé. Tous les trottoirs sont pris, qui voulait le premier rang n'a pas bougé, ni pissé depuis des heures. Alors on prend les transversales, on avise un mur rue La Boétie, de là-haut demain, on pourrait avoir une belle vue sur les Champs-Élysées. On se fait la courte échelle, on se hisse, on pose les mains, puis on crie de douleur, le mur est couvert de tessons de bouteille, celui qui habite là a eu peur qu'on envahisse son parc, sa demeure, qu'on lui rejoue la révolution. Ils ne sont que quatre, ils ont les mains en sang, ils voulaient juste se poser là pour demain, ils attrapent des cailloux, grimpent à nouveau sur le mur, et visent les vitres de l'hôtel. Le propriétaire apparaît, Comte Roger, c'est son nom, il sort dans le parc, s'arme lui aussi de pierres et riposte. L'un des gars sur le mur est atteint à l'œil droit, il descend, sonné, c'est alors que la police intervient. Nom prénom ? Hoffman Gustave. Adresse ? Rue des Chaufourniers, 16. La police n'embarque personne. Fin de l'épisode. Le bruit s'atténue. Vers trois heures du matin, les beaux quartiers sont pleins de corps échoués et des restes de la nuit. L'alcool s'en va doucement. On murmure et on soupire encore. Certains prédisent que, de cette nuit, des enfants naîtront, et ils comptent jusqu'à neuf, ce sera en février 1886 ou un peu avant. Il faudra les surveiller ces petits-là, disent-ils, car être conçu au pied du cercueil d'Hugo, ça force le destin. Peut-être bien qu'ils seront immortels eux aussi.

On a oublié cette nuit-là, trop scandaleuse. Ou alors on l'a purifiée. La légende circule qu'elles ont fait l'amour pour rien les putains, en souvenir du grand homme si généreux. Mais le moindre balcon, la moindre marche d'escabeau se louait à prix d'or pour le défilé. Il n'y avait pas de raison qu'une femme vaille moins qu'un tabouret. Elles firent payer. C'était le 31 mai, ou déjà le 1er juin. La paie venait d'être versée.

Et elles s'évaporèrent aux toutes premières lueurs de l'aube. Les urnes s'éteignirent, les cuirassiers soufflèrent sur leur torche et mirent sabre au clair, les ouvriers s'activèrent, installèrent la tribune, les banquettes, tandis que la foule du grand jour s'était mise à grossir. Elle prenait place sur les trottoirs ou convergeait par délégations vers les points de ralliement. C'était une foule enfant et enthousiaste qui allait à l'enterrement du grand homme, du grand-père, il allait faire beau et chaud, on allait oublier un peu les peines quotidiennes, côtoyer le grandiose, la parade, le spectacle, le grand art funéraire de la République. Musique et fanfares résonnaient de tous côtés. Roses, lilas, bleuets, violettes ondulaient en bouquet ou en couronne, sur une perche ou sur un brancard. C'est devenu une image, une gravure populaire, presque un rêve.

On a oublié que c'était un lundi, qu'il n'était pas chômé, que la République avait fait fermer écoles, théâtres et magasins mais avait préféré les travailleurs à l'usine plutôt que sur les trottoirs. « On voit peu d'ouvriers », constatait un rapport de police à neuf heures trente du matin sur le boulevard Saint-Michel. Les trottoirs étaient pourtant déjà noirs de monde, ils se couvraient d'échelles à louer et de montages sommaires qui encombraient tout. Les gens s'installaient en bordure de la rue sur des chaises, des tables et des tréteaux, soit l'un, soit l'autre, soit l'un par-dessus l'autre, et il était trop tard pour les faire disparaître. Ailleurs, c'était des voitures à bras, mais aussi des camions, des voitures de commerce garnies de banquettes, qui bloquaient entièrement les croisements, comme la place de la Sorbonne. Et toutes les fenêtres étaient garnies de curieux, souvent des étrangers et des provinciaux qui avaient payé cher pour être là. Ceux qui prédisaient que les aristocrates fermeraient leurs fenêtres avaient oublié leur sens des affaires. Dans bien des boutiques, on avait enlevé les vitrines, loué 20 francs le siège à l'intérieur, le tout avait des airs de jeu de massacre à la fête foraine, les passants levaient les bras et faisaient mine de tirer en rigolant. Il y avait aussi les toits, les cheminées, les corniches, on y avait même installé des banquettes. Dix francs la place.

Oubliés aussi les rapports des mouchards, gendarmes et policiers qui quadrillaient tout, regardaient venir la foule, synonyme de danger et d'agitation. Ils avaient peur encore, comme si elle avait de bonnes raisons de déborder, de ne pas laisser dire que c'était la Belle Époque. Elle ne se défaisait pourtant pas de sa bonne humeur.

— Monsieur le commissaire, on m'informe que je dois prendre vos ordres. Combien faut-il que je reçoive de pierres avant de faire marcher mes hommes ? demanda un capitaine au commissaire Clément posté porte Maillot.

— Vous n'en recevrez pas, mais envoyez-moi un peloton, répondit le commissaire.

Pas de pierres, non, ni aucune des armes mentionnées dans les rapports alarmistes des jours précédents. Les agents n'avaient qu'à cueillir les drapeaux rouges aux lieux prévus.

— Messieurs, nous avons reçu des ordres formels et il faut que vous nous rendiez vos drapeaux. Vous auriez tort de résister, vous ne seriez pas les plus forts !

Quelques cris de vaincus se faisaient entendre : « Vive la Commune ! Vive la révolution sociale ! » Et les drapeaux rouges résignés changeaient de mains, tels des coquelicots fripés, encore roulés dans leur gaine. Les policiers les faisaient déployer pour constater le délit, puis ils ajoutaient : « Vos loques vous seront rendues ! »

Ainsi, au fil de la matinée, les étendards de la Libre-pensée du 15ᵉ arrondissement, d'Asnières et d'ailleurs, de la ligue anticléricale de Puteaux, de la fanfare du café de la presse, de la fraternelle des tôliers, de la chambre syndicale des menuisiers en voiture, des socialistes du 20ᵉ arrondissement, du groupe athée de Boulogne, de la chambre syndicale des carrossiers furent placés sous scellés, et effectivement rendus à qui venait les réclamer dans les jours qui suivirent. La police enregistrait alors nom prénom et adresse, elle fichait l'ennemi, puis lui tendait son chiffon rouge jusqu'à la prochaine corrida.

Mais on n'a plus jamais retrouvé la trace du drapeau noir portant les vers d'Hugo, *Le peuple a sa colère et le volcan sa lave qui dévaste d'abord et qui féconde après*. Il avait pourtant été brodé dans la nuit, à la suite de la réunion salle Laprade. À neuf heures et demie, il était encore dans sa gaine quand le commissaire Clément le remarqua porte Maillot.

— Nom prénom ? demanda-t-il au porteur.
— Charles-Léon Willems.
— Adresse ?
— Rue de la Nation.

Le commissaire Clément avait reconnu l'anarchiste meneur de la grève des tailleurs. Il fit déployer le drapeau, le confia aux gendarmes qui le lacérèrent immédiatement, sans en avoir reçu l'instruction, sans qu'il fût possible ensuite d'en retrouver un seul morceau. Même le commissaire Clément fut surpris par la rage du geste. Comme s'il allait leur exploser à la figure, ce cocktail dangereux d'Hugo et d'anarchie.

Personne ne vit donc flotter ce drapeau noir brodé des colères du poète. Willems s'en retourna d'un pas nerveux avec quelques-uns, furieux contre les gendarmes mais aussi contre lui-même, qui n'avait pas résisté, rien tenté. Ils se dirigeaient vers le lieu de rendez-vous, au coin de la rue Brunel et de l'avenue de la

Grande-Armée. C'est là qu'étaient aussi Lissagaray et ses amis de *La Bataille*. Ils les trouvèrent aussi déconfits qu'eux. La journée avait bien commencé pourtant, ils avaient doublé le commissaire et ses six agents qui les surveillaient au pied du journal pensant naïvement qu'ils allaient en sortir avec leur drapeau rouge, ils l'avaient récupéré comme prévu, brodé du mot « Amnistie », plus loin, chez un marchand de vin. Mais il venait d'être saisi.

— Il n'y a plus maintenant aucune liberté pour nous, disait l'un.

— Ce sont des voleurs, des brigands, il faudrait une bonne révolution pour les massacrer tous. Ma femme est encore alitée des coups qu'elle a reçus dimanche au Père-Lachaise ! ajouta un autre.

Ne restait qu'à décider s'il valait mieux partir ou défiler sans rien. Alors ils s'engueulèrent, comme depuis dix jours, divisés par le poète.

— Il est inutile d'entreprendre quoi que ce soit, on est venus pour faire une manifestation populaire et non pour promener un drapeau soutenu seulement par une trentaine de citoyens, dit Martin.

Lissagaray opina. Il ne discutait même pas. Il restait. Willems, au contraire, ne voulait pas marcher comme ça, pour rien, derrière les corps officiels. Son corps à lui s'agitait, ses yeux toujours cernés de noir semblaient chercher une issue, il partit finalement avec quelques autres par la rue du Débarcadère vers l'avenue de la Grande-Armée, sans insigne entre les mains. « Les anarchistes semblent absolument démoralisés, c'est à qui ne marchera pas et leur désorganisation est complète », disait le rapport de onze heures place Saint-Ferdinand.

Une salve de vingt et un coups de canon retentit. Elle annonçait le début de la cérémonie. Les gamins grimpèrent aux becs de gaz et dans les arbres. Les vingt délégations s'étiraient déjà jusqu'au Jardin d'acclimatation. On entendit une *Marseillaise* attristée alternant avec le roulement voilé des tambours. Commencèrent les discours sur la petite tribune tendue de noir passementée d'argent. Le président du Sénat, celui de la Chambre des députés, du conseil municipal de Paris, le vice-président du conseil général de la Seine, le ministre de l'Instruction publique. Ils se l'appropriaient, s'en parfumaient, en faisaient l'instrument d'une suprématie nationale et l'abîmaient. « Il est nôtre d'abord, il vient de nous, de nos traditions, de notre race. » La langue pauvre et verrouillée du protocole pour évoquer un poète. Ou la faiblesse des têtes qui règnent sur celles qui pensent. Cela dit, quoi de mieux que le creux pour évoquer le manque ?

Dans les tribunes, à droite la famille, les amis, les artistes, à gauche les officiels, habits noirs et cravates blanches, autour du président Grévy qui ne resterait pas pour le défilé. Puis les porteurs dégagèrent le cercueil du catafalque qui semblait l'avoir avalé, ils le glissèrent à nouveau dans son modeste corbillard simplement orné de deux petites couronnes blanches à l'arrière, l'une portant le nom de Georges, l'autre celui de Jeanne. On installa devant lui un escadron de la garde républicaine, le gouverneur militaire de Paris et son état-major, un régiment de cuirassiers, fanfare en tête, puis onze chars à quatre et six chevaux surchargés de couronnes et de fleurs, encadrés par les enfants des lycées et écoles, les douze poètes, la musique de la garde républicaine jouant la *Marche funèbre* de Chopin, la députation de la ville de Besançon où naquit le mort, la Société des auteurs dramatiques, la Société des gens de lettres. Tous, bordés par les tambours avec crêpe de trois régiments. Tous devant le corbillard, qui n'était plus le sujet, mais l'objet d'une mise en scène de l'union nationale.

Le défilé s'ébranla. Et le soleil perça enfin entre les nuages.

Derrière le corbillard, mais assez loin, Georges marchait seul, en avant des siens, à quelques mètres comme s'il était devenu l'homme de la famille. Puis venaient Jeanne, Alice, Léopold, Vacquerie et Meurice vieux jumeaux, les secrétaires, les amis, Lockroy marqué, mécanique, « Ne croyez-vous pas Monsieur Lockroy que le contraste sera trop grand entre le corbillard et tout l'appareil qui l'entraînera ? ». Il avait renoncé à répondre à toutes ces lettres, « Comme membre de la famille vous devez insister pour que le cortège de Victor Hugo s'arrête quelques instants au pied de la statue de la République qu'il a tant aidé à fonder ». Renoncé à toute influence sur le cours des événements.

— On ne me fera jamais croire que c'est mon Lockroy, ce vieillard maigre et blanchi, à la barbe inculte, à l'œil éteint et aux lèvres fripées ! murmura un journaliste du *Figaro* qui l'avait connu à ses débuts et le regardait passer.

Puis venaient les corps constitués, le général chef de la maison militaire représentant Jules Grévy reparti à l'Élysée, les corps diplomatiques, les ministres, le grand chancelier de la Légion d'honneur, le commandant des corps d'armée, les sénateurs et députés, le Conseil d'État, la Cour de cassation dans ses hermines, la cour d'appel, la Cour des comptes, puis les fonctionnaires des ministères, les préfets de la Seine et de police, les maires et adjoints de Paris, toutes ces institutions, ces corps, ces hiérarchies, raides et géométriques comme sur un échiquier, qui avançaient sans crainte ni remords pour mieux verser les vers du poète au catalogue des mots officiels.

Targé fébrile dans son bureau avait l'oreille collée au téléphone. Dans la cour du ministère, de nombreuses estafettes se tenaient à cheval, prêtes à intervenir. Mais les rapports arrivaient, sommaires. Quartier Saint-Thomas-d'Aquin, aucune arrestation, aucun blessé. Quartier de la Monnaie et de l'Odéon, rien à signaler. Quelques personnes atteintes d'une indisposition sans gravité.

Gragnon arrivé tôt sur la place de l'Étoile était fier comme si on lui devait le plus beau spectacle depuis la Rome antique. La rue Balzac en pente douce ressemblait à une avalanche de gens. Un peu plus loin, rue La Boétie, les échafaudages d'immeubles en travaux étaient pris d'assaut, ils laissaient voir un rare mélange vestimentaire de vestons et de blouses.

La foule immobile regardait l'autre, celle qui passait. On se découvrait et on se taisait quand arrivait le char funèbre, puis on reprenait les commentaires, les bruyantes onomatopées au gré des chars, des grandes et belles couronnes. Les vingt sociétés mises en ordre par la préfecture avaient commencé leur marche, élus des communes, des départements, délégués des sociétés coloniales, Ligue des patriotes, sociétés de l'Alsace-

Lorraine perdue, sociétés de tir et de gymnastique, délégations étrangères, écoles et sociétés d'instruction, sociétés militaires et patriotiques.

À midi quarante-cinq, le corbillard passait le pont de la Concorde, une nuée de pigeons envahit alors le ciel, on venait d'en lâcher cent cinquante, c'était une idée du neveu Léopold, en souvenir de l'affection que portait le poète à ces oiseaux gris devenus messagers au temps du siège de Paris. « Vive Victor Hugo ! » crièrent à nouveau les badauds qui deux minutes plus tôt se découvraient en silence. Le ministère de la Marine, les maisons voisines étaient envahis de silhouettes, le terre-plein de l'obélisque chargé de voitures. Sur les marches de l'Assemblée, un millier de places étaient réservées aux députés et à leurs familles. C'était dans la rue comme dans la vie, il y avait les bien assis et ceux qui s'agrippaient quelque part, il y avait le confort et l'inconfort, il valait mieux être en uniforme ou en habit de gala pour circuler librement.

Mais ce sont les corps en équilibre, les postures désarticulées qui donnaient au spectacle toute sa force. C'est la femme enceinte posée sur une échelle, devenue plus grande que son homme qui lui entourait les jambes de ses bras, ce sont les enfants accrochés tant bien que mal aux becs de gaz et aux arbres, tels des Gavroche regardant passer la dépouille de leur père, tellement plus beaux que les gamins en costume des bataillons scolaires. C'est parmi eux que l'on compta les premiers blessés, Jacques quatorze ans tomba d'un arbre peu de temps après le début du défilé, Gaston quinze ans fut plus grièvement blessé et transporté à l'hôpital Beaujon. Mais on n'y pensait plus la minute d'après, la parade reprenait le dessus. La marche d'escabeau qui se louait 25 centimes à huit heures était passée à 2 francs. Pas une ne restait vide.

Un chef de brigade posté à la Concorde envoya une urgente demande de renfort. « La poussée va être si forte que le service peut crever ; Envoyez au galop vingt cavaliers si vous les avez à la caserne. » Ils avaient peur encore. Mais pas de poussée. La police ramassait les derniers drapeaux rouges dans leur gaine. Le commissaire Clément répétait : « Puisqu'on vous dit qu'on vous les rendra vos loques ! » « Voleur ! » lui jeta à la face un socialiste énervé. Clément le laissa partir. C'était si facile finalement. Plus dur était le commissaire Dulac qui aimait bien passer les menottes. C'est par lui que Willems a fini inculpé de rébellion. Il n'avait pu se décider à partir, ni à rejoindre les tailleurs épuisés par la grève, qui faute de drapeau rouge avaient déployé leur bannière verte. Il s'agrippa à un nouveau drapeau et le défendit mieux que le premier quand Dulac se présenta. Au moins son honneur était sauf. Au fond, lui l'orateur, le meneur, ne pouvait se résoudre à cette foule aussi massive que festive. Elle avait l'ampleur dont rêve un révolutionnaire, mais elle se contentait de célébrer un poète.

Le boulevard Saint-Germain, moins large que les Champs-Élysées, la rendait plus compacte encore. Les statues, les fontaines Wallace, les kiosques Morris disparaissaient sous les grappes humaines, le fauteuil de Diderot n'était plus le sien. Le cortège croisa la rue de Tournon qui avait drapé de noir ses réverbères, la rue de l'Éperon aux toits couverts de tribunes, la rue Racine, dont les balcons à 1 000 francs étaient pleins. Il tourna sur le boulevard Saint-Michel, sous les balcons du square de Cluny, loués 6 000 francs, pour leur vue imprenable sur les derniers virages avant le Panthéon. Au passage du corbillard, Eugène, machiniste aux Menus Plaisirs, en équilibre sur la grille du square, s'agita un peu trop et tomba. Il hurlait de douleur, sa jambe était fracturée, on l'emmena à l'Hôtel-Dieu et on l'oublia.

La tête du convoi longeait déjà le jardin du Luxembourg dont les grilles fermées laissaient voir des soldats qui déambulaient, prêts à bondir, mais bondir sur quoi ? La garde républicaine et les cuirassiers arrivaient au Panthéon, bientôt le corbillard s'y arrêta. Cela méritait un télégramme. « Chef de la police municipale à préfet. Le convoi arrive au Panthéon. Tout va bien. »

Il était une heure et demie passée. Même heure que celle du dernier soupir onze jours plus tôt. Le cercueil abandonna définitivement sa modeste voiture, il se laissa déposer sous les colonnes. Encore du noir tendu, encore des discours, meilleurs qu'au point de départ, les tribuns étaient poètes, artistes, journalistes, venus des Amériques, d'Haïti, anciens proscrits de Guernesey, « Victor Hugo fut la consolation et la lumière pour ses compagnons d'exil ». Leconte de Lisle célébra le plus grand de tous les poètes. Zola se taisait. Au fur et à mesure que les délégations arrivaient, elles déposaient les couronnes sur les marches du Panthéon, on aurait dit des roues en fin de course.

La fin du cortège se mettait alors seulement en mouvement. Le fameux groupe numéro onze des corporations, sociétés ouvrières de Paris et des départements. Les sociétés de libre-pensée. Les loges maçonniques. Les cercles politiques de Paris. Les sociétés de prévoyance et de secours mutuel. Les créoles qui avaient cotisé pour des fleurs et deux porteurs. Les Russes dont la couronne disait « Les Opprimés ». Les sociétés artistiques musicales et chorales. La bannière rose et bleue proclamant « Le suffrage des femmes, le droit des femmes », entre les mains de Jeanne Michelot et Maria Martin. Le groupe des Bénibouffetout, une vingtaine de négociants de Belleville qui s'organisaient des excursions suivies de banquets plantureux au cours desquels ils faisaient des collectes pour les pauvres. Toute cette bande de rêveurs plus portés sur la contestation que sur l'alignement militaire avait piétiné de longues heures derrière l'Arc de triomphe bouché par son monument funéraire. Ils marchaient enfin, quadrillés de sergents et de policiers en civil qui n'aimaient pas trop le grand type aux cheveux blancs dont la couronne était barrée d'un « Les Révolutionnaires russes », surveillaient les Allemands dont les fleurs écarlates étaient forcément socialistes, et serraient surtout les anarchistes qui pressaient le pas pour siffler la Ligue des patriotes. Plus loin la foule ne faisait que chanter sur l'air de *La Chanson des blés d'or*, *Victor Hugo, génie immense, entré dans la postérité, était la gloire de la France, le flambeau de l'humanité, les faibles aimaient à l'entendre. Il fut parmi leur défenseur, sa voix aux opprimés si tendre faisait trembler les oppresseurs, Honneur Honneur à Victor Hugo !*

Lisbonne était là bon gré mal gré, sur sa jambe raide, maugréant contre cette matinée où il n'y avait pas eu une seule tentative de résistance, pas un coup, pas un blessé pour défendre le drapeau rouge. Il le savait bien, lui, qu'il ne fallait pas parlementer avec la commission des obsèques. Il le savait bien que ça ne servait à rien tous ces ajouts pour faire accepter le rouge, là hommage à Victor Hugo en lettres d'or, là un crêpe noir, là un bonnet phrygien, ça n'avait servi à rien tout ça, c'était un piège. Et pourtant il était resté, happé par l'événement, la foule, le pavé parisien, dans l'inconfort du révolté déçu par le peuple. Il avait repéré Rey, ancien colonel de la Commune comme lui, venu avec vingt-cinq hommes du cercle ouvrier de Montrouge, ils portaient une immense couronne d'immortelles rouges et jaunes où il était écrit « Les républicains de Montrouge à Victor Hugo ». Ils avançaient au coude-à-coude, sûrs de devoir être là. Lisbonne avait salué Lissagaray manifestement à sa place lui aussi. Fichu poète, tout le monde s'est laissé prendre à ses vers. Les pires ennemis sont là, ensemble derrière lui, mais que nous a-t-il fait ? Qu'est-ce que je fous là ? C'est quoi ce défilé ? L'espérance qui vient ou qui s'en va ?

La foule ne voulait pas le savoir, elle profitait, elle admirait, s'attendrissait, elle croyait, elle chantait, *Tous les cœurs sont en deuil, Paris la grande ville couvre d'un crêpe noir ses murs et ses drapeaux, Tout le monde a souffert avec tes* Misérables, *Les tyrans ont tremblé devant tes* Châtiments, *Tu fis pleurer* Ruy Blas *en strophes admirables, Et ton bel* Hernani *fit pâlir les amants. Jette un dernier regard, Le peuple t'environne, Petits, grands, jeunes vieux, Ensemble nous pleurons, Parmi tous les lauriers tressés pour ta couronne, Nos regrets vont former le plus beau des fleurons.*

Non, ils ne pleuraient pas, qu'ils marchent ou bien regardent, ils avaient le cœur serré au passage de la mort, mais ensuite ils riaient, applaudissaient, on lisait sur les visages une joie à peine secrète, une joie funèbre, dira le journal de Vacquerie, Meurice et Lockroy. On croyait au temps, à sa force effrénée, à son progrès, tout irait mieux, c'était mécanique. On fit un triomphe au char devancé par un Arabe en turban portant un étendard, c'était celui de l'Algérie, province française. Une énorme couronne y entourait une urne funéraire dont s'échappaient des flammes rouges et vertes, on pouvait voir sur les trois faces du chariot les armes des villes d'Alger, Constantine et Oran. Et la foule parisienne ne cachait pas sa joie, son goût de l'exotisme, des conquêtes et des grandeurs. Elle confondait toutes les grandeurs, elle prétendait au bonheur des peuples en annexant l'Afrique : « Prenez-la. » *Prenez-la*, avait discouru Victor Hugo des années plus tôt, *non pour le canon, mais pour la charrue ; non pour le sabre, mais pour le commerce ; non pour la bataille, mais pour l'industrie ; non pour la conquête, mais pour la fraternité*. C'était lors d'un banquet qui célébrait l'abolition de l'esclavage. Ivresse de la croyance, de la victoire sur la tyrannie sans voir qu'une autre peut naître. Ivresse de la phrase.

Une longue phrase libératrice était en marche qui n'avait pas commencé avec Hugo, mais qu'il avait prolongée, considérablement étoffée, une phrase torrentielle, et ils marchaient emportés par son courant, dans des bruits de kermesses, enfants des révolutions passées, toutes enterrées, jamais terminées, mais qui avaient semé, laissé dans leur dos leur sang, des envies, des poussées, des souvenirs de roi sans tête, d'empereur déchu, de prêtre sans voix.

Là-bas, à l'autre bout, on le descendait dans la crypte, la famille et toutes les autorités derrière lui. Ils le déposèrent sur des tréteaux, disposèrent couronnes et bouquets autour du cercueil. Il n'y aurait plus d'odeurs, plus de racines, pas de monde minéral, pas de couchers ni de levers de soleil sur sa tombe, juste le poids d'un monument, de l'Histoire, de la ville et ses tremblements.

Et tandis qu'il prenait ses quartiers, le pavé bruissait encore du défilé, les derniers n'arriveraient que dans quatre heures. Ils marchaient encore, heureux de l'avoir connu, d'avoir vécu dans ses yeux.

Douze ans plus tard, il y eut du passage dans la crypte du Panthéon. Des scientifiques avaient mission d'ouvrir les cercueils de Voltaire et Rousseau. La rumeur persistait d'une profanation, il y a longtemps, au temps de la Restauration, quand la monarchie crut reprendre ses droits, son église, et fit déplacer les deux tombes pour qu'elles ne soient plus visibles du public. Elle aurait alors voulu effacer toute trace, tout ADN de révolution et fait jeter les restes des penseurs dans un trou, quelque part, on ne savait où. L'expertise ne dissipa jamais totalement le doute.

Ce jour-là, en tout cas, on ne s'occupa pas de Victor Hugo. C'était bien lui à l'intérieur, on en était sûr. Depuis son lit jusqu'ici, on l'avait eu à l'œil. Et là-haut, rien n'avait perturbé l'alternance des gouvernements. Mais certains s'étonnèrent tout de même que le cercueil soit toujours sur les tréteaux, là où on l'avait posé après le fastueux défilé. Pas de tombe, de nom gravé dans la pierre. Deux pieds provisoires, fleurs et couronnes en décomposition. Le grand poète dans un coin de l'humide cave de la République. Triste spectacle. Les promeneurs du Père-Lachaise lui auraient autrement rendu hommage. Le soleil, le ciel, les oiseaux, les fleurs aussi.

Le temps avait passé. Lisbonne rêvait alors encore d'un théâtre, mais se contentait de cabarets et cafés-concerts très en vogue. Lissagaray se présentait aux élections, non pour gagner mais pour parler, il travaillait aussi à la réédition de son *Histoire de la Commune*, l'œuvre de sa vie. Lockroy était devenu ministre de la Marine tout en continuant d'inquiéter les modérés. Adèle était au château de Suresnes entre les bonnes mains d'un disciple du professeur Charcot, elle avait été installée là par Vacquerie, dans un pavillon rien qu'à elle. Vacquerie était mort, il reposait à Villequier, près de la tombe de son frère et Léopoldine, et de celle de Mme Hugo. Paul Meurice restait seul exécuteur testamentaire, il veillait sur l'édition posthume du poète. Jeanne, belle mondaine au nom prestigieux, s'était mariée. Georges aussi et il dessinait beaucoup. Targé s'était retiré de la politique, la mort de sa fille l'avait abattu. Gragnon avait lui aussi interrompu sa carrière pour sa fille, elle était malade, il veillait sur elle dans le midi de la France. 23, dont on n'a jamais su le nom, s'était évaporé. Féger avait été promu commissaire, mais rue de Flandre, en plein Nord-Est ouvrier, il suppliait sa hiérarchie de le faire revenir dans les quartiers tranquilles. Les mortels suivaient la ligne plus ou moins prévisible de leur vie. Le souvenir du défilé persistait, de plus en plus légendaire. Et le mort était encore sur tréteaux.

Sa longue phrase se portait bien, citée, récitée, publiée et republiée en vers, en prose, elle avait largué le cadavre, sacralisé son nom. Elle sentit à peine les piques et le détachement des nouvelles plumes occupées à sortir de son ombre. Elle poursuivait sa course, gorgée de rimes, de rêve et de colère, elle traversait les murs, les océans, le temps, les langues étrangères. Elle survécut aux révolutions qui tournaient mal, aux guerres qui ravagèrent le monde. Elle se fraya même un chemin silencieux dans les crânes en sursis des camps d'extermination. Elle laissait alors à l'humanité défigurée un beau souvenir d'elle-même.

Et puis passé l'horreur, elle revenait à voix haute réenchanter le futur et réparer les hommes. Ils vivaient comme le poète, penchés en avant. Ils croyaient au progrès. Et dans les familles, on entendait dire : « Toi tu verras ce que je ne verrai pas. » Ainsi, machinalement, on comptait, ou plutôt on décomptait combien de vies avant ce monde tel qu'il devrait être ?

Et déjà vieille d'un siècle, elle vous fonçait encore dessus, la phrase, de préférence dans l'enfance quand le cœur est tendre, elle vous faisait voir l'aube à l'heure où blanchit la campagne, la petitesse du tyran, Gavroche sur la barricade. Elle n'avait pas de voix, elle empruntait la vôtre encore tremblante et timide devant l'immensité du monde. Elle vous plantait ses mots sous la peau, comme des ongles ou des promesses, et elle vous contaminait, relançait le décompte : combien de vies ? Celle des arrière-grands-parents dont on n'a pas connu le visage et toujours mélangé les prénoms ? Des grands-parents qui se taisaient en regardant leur monde s'enfuir, mais laissaient filtrer de l'intérieur des blessures de guerre et d'usine ? Peut-être qu'ils savaient que ça n'arriverait pas, peut-être nous ne voulions pas l'entendre : combien de vies ? Le verbe poussait, parfois même il gagnait. La guillotine fut enterrée, on fêta Hugo, cet acharné de l'abolition. Bientôt cent ans, ses incroyables funérailles. Donc les choses avançaient. Plus d'un siècle écoulé n'avait pu venir à bout de la phrase. Combien de vies ? Mon père disait qu'il faut toujours faire confiance aux poètes. Mais au bas de sa mâchoire, quelque chose tremblait nerveusement. Il était inquiet.

La phrase aime les températures extrêmes, les poètes, c'est connu, grandissent avec les tyrans. Mais une torpeur démocratique s'est progressivement installée, comme l'électricité le long des rues, nous avons perdu l'habitude d'avancer dans l'obscurité, nous avons laissé l'algorithme économique gouverner. Marche ou crève. Nous sommes devenus de moins en moins sensibles aux épopées poétiques et au bonheur des peuples, moins tendres, moins naïfs aussi, plus froidement personnels. La phrase est au mieux un très beau livre, au pire un cache-misère aux tribunes officielles. Tranquillement nous l'avons défaite. On ne dit plus les pauvres, les riches trouvent que ça fait mauvais genre, on dit d'où ils sont et la couleur de leur peau. C'est plus précis et ainsi on ne leur doit rien. Ils ont perdu la protection des mots.

Alors doucement les hommes sont retournés prier dans les églises, ils ont fait le chemin inverse, le contre-défilé. Qui répudie la foi est condamné au rêve, prédisaient certains sceptiques au siècle du poète.

C'était vrai. La boucle s'est refermée. Et le présent ressemble étrangement à ce qu'Hugo appelait passé.
La loi d'un peuple était chez l'autre peuple un crime ;
Lire était un fossé, croire était un abîme ;
Les rois étaient des tours ; les dieux étaient des murs.
Et mon père s'en est allé. Les larmes au bord de ses yeux de plus en plus vagues n'étaient pas que l'écoulement de la maladie. Il avait compris combien l'idéal est tragique et il ne pouvait vivre sans.

Alors remonter le fleuve de l'Histoire, le courant des funérailles, suivre le chemin, chercher où il s'est égaré. Observer sur les photos d'époque ce gros machin noir sous l'Arc de triomphe, qui écrasait le mort et celui qui venait le saluer, pour rappeler à l'homme qu'il doit s'agenouiller.

Revenir aux détails, aux minutes où les gendarmes déchirèrent les vers du poète brodés sur le noir anarchiste. Les imaginer qui tendent le tissu, et d'un coup sec, de la main, de l'épée, le déchirent encore et encore, le réduisent en lambeaux, au néant. Le poète qu'on enterre a déjà sous-titré la scène : *Si on rudoie l'utopie, on la tue.*

Lire le rapport de Gragnon, le soir même, au ministre Targé. Il se flatte, se congratule, rappelle dans son style qu'une bonne police, c'est une armée de mouchards. Puis il trace de sa plume le mot Bourse, son B ventru et élégant, et ce commentaire juste au-dessous : « Il y avait peu de monde aujourd'hui en Bourse. » Ils étaient au défilé, bien assis probablement. Ils étaient rassurés, la foule chantait, les ouvriers étaient parqués dans leurs ateliers, les drapeaux colorés étaient confisqués et le plus applaudi des chars était celui de l'Algérie. La République voulait l'Empire. La Bourse aussi le réclamait. Même la phrase rêvait de fraternité entre les hommes et de colonies dans le désert. L'industrie s'en drapa pour conquérir, pomper, pomper, écraser et voler. Résultat, la phrase s'est ensablée sous les matières premières et elle a perdu de sa chaleur. Elle sert encore aux gouvernements en mal de popularité et d'inspiration. Ils ont même pris l'habitude d'aller fouiller les cimetières, d'en sortir d'autres bienfaisants pour en faire de grands hommes. Ils s'offrent ainsi l'occasion de beaux discours. Mais le Panthéon aura toujours le parfum d'une révolution fanée.

Lire les journaux du lendemain. *La Bataille* : « On lui a fait des funérailles napoléoniennes. Des escadrons et des sergots partout. On a fait au poète des *Misérables* des obsèques de Maréchal. On ne dégrade pas mieux un homme. » *Le Figaro* : « Le rôle politique de Victor Hugo est bien insignifiant à côté de sa gloire littéraire. Député, sénateur orateur, il n'appartient qu'à un seul parti. Le poète appartient à la France inclinée devant son lit de mort. » L'un le déplore, l'autre s'en réjouit, mais ils sont d'accord : la République ce jour-là étouffait l'homme révolté. La phrase était en cage.

Au moins ont-ils été heureux, les enfants grimpés aux arbres pour voir passer la dépouille du poète, les Béni-bouffe-tout en fin de défilé, tous ceux qui chantaient « Saint' Geneviève vas-tu fiche le camp, Depuis le temps que t'es là, ta poire doit être blette, Saint' Geneviève vas-tu fiche le camp, ou sans ç'la j'défonce ton petit monument... », les femmes à la banderole rose et bleue, tous ceux qui marchaient derrière plutôt que devant, tous ceux qui dormirent sur le trottoir pour mieux voir, peut-être même les bébés de février 1886 conçus lors d'une nuit humide pleine du chant des ivrognes et des rossignols. Ils se sont laissés aller dans le sillage de Victor Hugo. Ils se sentaient une dette envers lui, faisaient trembler les forces de l'ordre. La phrase était en eux.

Aimez-moi, disait le poète sur son lit d'agonie. Il ne parlait pas qu'à ses petits-enfants, mais à tous ceux qui restaient, qu'ils soient dedans, dehors, ou même pas encore nés. Il s'infiltrait dans l'avenir, nos têtes, nos cœurs, nos corps, quitte à nous laisser désemparés, un peu idiots, perdus face aux extrémités du monde. Il n'était pas prophète, simplement poète. Sa phrase est un mensonge, un songe qui ment, qui court et révèle la nature des hommes, un songe trop grand, trop beau pour eux. Elle est l'illusion, l'utopie, elle vieillit, se ride, se replie mais ne rompt pas, elle durcit, attend son heure qui ne viendra pas. Elle est un nerf, ce petit fil invisible qui porte les messages et fait mal dès qu'on y touche. Elle est ce nerf fragile qui faisait battre la mâchoire trop serrée de mon père. Elle est la seule prière qu'il m'ait apprise.

*Cet ouvrage a été composé et mis en page
par GRAPHIC HAINAUT*

Achevé d'imprimer en décembre 2021 par La
Nouvelle Imprimerie Laballery
58500 Clamecy (Nièvre)
N° d'impression : 111713
Dépôt légal : janvier 2017
Suite du tirage : décembre 2021

S27336/06

POCKET, 92 avenue de France, 75013 Paris

Imprimé en France

Remerciements

Que soient ici remerciées, pour leurs trésors et leur accueil, la Bibliothèque de la Maison de Victor Hugo, place des Vosges, et les Archives de la préfecture de police de Paris. Merci également à Didier Daeninckx d'avoir offert à Maxime Lisbonne le roman qu'il mérite, *Le Banquet des affamés* (Gallimard).

Merci surtout à Sophie de Sivry, éditrice de ce livre, pour sa confiance et son soutien.